ギリ飯《めし》2

人生ギリギリご飯

北島直子
Kitajima Naoko

風詠社

目次

装幀　２ＤＡＹ
装画　楠葉さわ
協力　浜松張子工房

レジ係の頼子

合い挽き肉、玉ねぎ、パン粉、卵、牛乳・・・。

頼子《よりこ》は卵が割れないように注意して、バーコードを通した品を客が持ってきたエコバッグに入れた。この人の家、きっと今日はハンバーグだわ。でも、すごく長い爪で、キラキラした石がたくさん付いている。この手で作るのかしら。石がハンバーグの中に入っちゃいそう。

「千三百三十八円です。ポイントカードはございますか?」

「えーっと、ちょっと待ってね」

長すぎて折れそうな爪で小銭を探している。

「ごめ〜ん。一万円札で」

「はい。一万円お受け取りしますね。ポイントカードは?」

「それがね〜。どこにいっちゃったんだろう? おかしいなぁ」

長財布の中は、ほかの店のポイントカードや診察券、レシートでパンパンだ。

夕方で混みあう時間帯。後ろの客が早くしろとでも言うように覗き込んでくる。

「あった、あった」

頼子は笑顔で受け取り、ポイントを付け、レシートとお釣りを渡した。

半年前から佐藤頼子《さとうよりこ》は週に五日、ハイパー静浜肴町《しずはまさかなまち》店でレジ係のパートをしている。ハイクオリティスーパー、つまりは高品質な食材を扱うスーパーを略してハイパーと命名したらしい。肴町店を一号店に郊外にも五店舗を構えている。

普通のスーパーより少しランクの高い肉や魚、おしゃれなお惣菜などが並べられている。輸入物のチーズの種類も豊富だし、海外の調味料なども揃えている。また、地元の旬の野菜を農家から直接仕入れているコーナーもあって朝採れの新鮮な野菜が豊富なのも自慢だ。

ジャガイモ、ニンジン、玉ねぎ、牛肉の切り落とし肉。

レジを通しながら頼子は考える。カレーかしら？　あっ、糸こんにゃく。この家は肉じゃがね。考えるというよりも勝手に頭が働いてしまうから不思議だ。

根菜類は重たいから先に袋に入れないといけないわ。頼子は思った。

ハイパーとほかのスーパーとの違いはまだある。大抵のスーパーは買った品をレジから移動させたところで客が自分で袋に詰めるところが多いが、ここはハイパーだけにサービスも一段上をいく。レジ係が会計だけでなく、客が持ってきた袋に品物を詰めるところまでやらなくてはいけないのだ。

パートを始めたばかりのころ、バーコードの読み取りや現金のやり取り、カード決済の仕方など、店長や先輩のパートに教えてもらった。その中で一番苦労したのが、客の買った品の袋詰めだ。重いものから詰めていくと教わったが、大根のような重くて長いものはどうすればいいのか、トマトと豆腐はどちらを上にした方がいいのかなど、買う品物や何を買ったかの組み合わせで毎回悩むことになる。手際が悪かったり、順番を間違えて入れ直したりしていると、客の機嫌が悪くなり、待っている客の列が長くなる。

それだけではない。少し前までは、スーパーで用意した無料のレジ袋に入れていたが、プラスチックごみ削減でレジ袋が有料になった。突然買いものに来る客は有料でもレジ袋を買っていくが、よく来る客は様々な形のエコバッグや、以前にもらってとっておいたレジ袋を持ってくる。一枚の袋の中に堅いものや柔らかいもの、壊れやすいものを上手に入れていかなくてはいけない。しかも、そんなに大きくもない袋を一枚だけ持ってきて、そこに全部入らないとレジ係の責任のような顔をされることもある。

頼子は中学生の息子の涼介《りょうすけ》がスマートフォンで遊んでいたテトリスが思わず頭に浮かんだ。

「頼子さん。お疲れ様です。交代しますね」

客の列が途切れたところで遅番の美江《みえ》が頼子の肩を叩いた。

「あ、もう六時。美江ちゃんあとはよろしくね」

これから家に帰ってからがまた一仕事。頼子はエプロンをロッカーに置くとコートを羽織って家路を急いだ。

「母さん、腹減った」

中学一年の涼介は頼子の顔を見るとそれしか言わない。小学校に上がるまでは食が細くて、少しでも食べてくれると大喜びしたが、今は何でも食べる怪獣のようになってしまった。今も腹が減ったと言いながらポテトチップスを頬張って牛乳をゴクゴク飲んでいる。これだけカロリーの高いものを食べてもたいして太っていないのがまたむかつく。

「お母さん、私、帰りに友達とケーキ食べてきたから、ご飯そんなにいらない」

長女の真美《まみ》は家ではダイエットと言いながら、外では甘いものばかり食べている。中学生のころはテニス部に入っていたが、高校に入ってからは部活には入らず、そのせいか体型が気になるようだ。

「ちょっと待ってよ、二人とも。今、帰ってきたばかりなんだから」

「今日のご飯なあに?」

涼介が聞いてくる。

「カレーよ。パートに行く前に作っておいたから温めればすぐ食べられるわよ。サラダも作らないと。真美、あなた高校二年なんだからサラダぐらい作れるでしょ」

「ダメダメ。忙しいの。宿題やらなくちゃ」

真美がドタバタと自分の部屋に行ってしまった。

頼子は休憩時間に買っておいたレタスやキュウリを取り出して簡単なサラダを作った。それにインスタントのコンソメスープと冷蔵庫の中にある福神漬けとラッキョウを出せば出来上がりだ。

「ただいま」

夫の則之《のりゆき》が会社から帰ってきた。保険会社で課長をしている。女性が多い職場で何かと気を使うことが多いらしい。

「おかえりなさい」

「父さん。おかえり。明日、来るの?」

「涼介、ただいま。明日ってなんだ?」

「授業参観だよ。平日だけど一時間目から放課後の部活までいつでも見にきていいってやつ。五時間目が体育だからそこに来てよ」

「ごめん、ごめん。父さんは仕事で行けないよ。そういうのは母さんだろ。おい、頼子、お前が行けるんだろう?」

「あら、あなた、午後からなら抜け出せるから少しだけ行こうかって言ってなかった?」

「そうだっけ？　無理だよ。明日は会議もあるしなぁ」

「分かりました。それならパートの前に行ってくるわ」

「そうしてくれよ。こっちは仕事で大変なんだよ。あっ、そうだ。明後日、急に本社に出張になったから下着とかワイシャツとか準備しといてよ」

「はいはい」

「今日はカレーか？」

「そうよ。涼介が好きだから」

「ビールのつまみにはならないんだよなぁ」

「つまみは福神漬けとラッキョウでいいんじゃない？」

「まあ、そうだな」

苦笑しながら則之が手を洗いに行った。

全くみんな好き勝手ばかり言って。仕事や学校で大変なのは分かるけど、私だって仕事から帰ってきてまだ一度も腰を下ろしていないんですからね。

プリプリしながら頼子はカレーをよそった。

頼子は毎朝五時半に起きる。真美と涼介の弁当を作り、なかなか起きない子どもたちを起こして朝ごはんを食べさせる。とくにこんな寒い時期は布団をめくり上げないと二人とも全く起きてこないので一苦労だ。

朝はコーヒーだけという則之は、勝手に起きてコーヒーメーカーから自分で注いで飲んでくれるので楽でいいのだが、朝ごはんを食べなくていいのか時々心配したりする。

頼子がトーストとコーヒーという簡単な朝食を口にして、ほっと一息つきながらダイニングチェアに座るのは、則之や子どもたちが会社や学校に行き、洗濯機を回している時間だけだ。朝のワイドショーを見て、食べ終わったら、掃除機をかけて簡単な掃除をする。いつもならその後、ラジオを聴きながら夕飯の下ごしらえをして、アイロンをかけたりして、昼食を食べてからパートに出掛ける。

だが今日はパートの前に涼介の授業参観がある。頼子はクローゼットから先月セールで買った水色のセーターを取り出した。

昨年の四月に涼介は静浜第一中学に入学した。長女の真美も通っていた家から歩いて十分ほどのところにある学校だ。一年生も残りわずか。来月から春休みだ。

頼子は四時間目の英語の授業を見学してからパートに行くことにした。

教室に着くと、後ろのほうに何人かの保護者が既に来ていた。この辺りは自営業者や飲食店など店を営む保護者が多いので、学校側も時間は指定せず、日にちだけを決めて、都合のいい時間にお越しくださいという授業参観のスタイルをとっている。

肝心の涼介はというと、体育以外の教科は大人しくしているらしい。まるで存在を消すかのように、手を挙げることもなくじっとしている。

もしかして居眠りでもしているのかしら。頼子が不安になってその背中をじっと見ていると、視線に気づいたのか、手を斜め後ろに挙げてピースをしてきた。

「佐藤さん、この後ランチしていきません?」

四時間目が終わると子どもたちは昼休みだ。頼子が教室を出ようとすると、顔見知りの保護者から最近できたフランス料理の店に行かないかと誘われた。せっかくなので行ってみたい気もするが、そうするとパートの時間に遅れてしまう。そそくさと教室を出た。

このまま直接パートに行くには早いし、家に寄るほどの時間もない。三十分ぐらい、どこかで簡単な昼ごはんを食べるところがないかしら。

静浜駅近くの肴街商店街をうろうろしていると、奥の通りから爪楊枝をくわえたサラリーマンたちが歩いてきた。

「あー、腹いっぱいだ」

「唐揚げ定食はボリュームありましたもんね。僕のコロッケ定食も揚げたてで美味しかったですよ」

ご飯屋さんでもあるのかしら？

そう思って奥の通りに入ってみると暖簾のかかった店がある。看板には「おばんざい屋くるくる」と書いてある。古民家のような居酒屋のような造りの店だ。暖簾が出ているということは昼間も営業しているということらしい。頼子は中に入ってみることにした。

「あの、すいません」

「いらっしゃいませ。お一人ですか？」

思いがけず二十歳ぐらいの若い女の子が出てきた。肩までの髪をポニーテールにして赤いエプロンをかけている。

「はい。お昼、食べられます？　一人なんですが」

「はい。もちろんです。カウンターでもテーブルでも、お好きなところにどうぞ」

店内を見回すと、カウンターが六席に四人掛けのテーブル席が五卓ある。カウンター席はそれぞれ一人で来ているらしい男たちで半分ほどうまっていたので、頼子はテーブル席に腰かけた。一人で外食なんていつ以来なんだろう？　子どもたちとファミリーレストランに行ったり、則之のボーナスが出たりすると焼肉屋に行ったりはしているが、自分のための食事を外でするなんて、もしかしたら子どもが生まれてから初めてかもしれない。

「お水、どうぞ。こちらがメニューです」

先ほどの若い女の子がメニュー表を開いてくれた。

鶏の唐揚げ定食、豚の生姜焼き定食、ハンバーグ定食、鯵フライ定食、コロッケ定食。その他にも単品の親子丼やカレー、うどんや蕎麦もある。

「お決まりですか？　定食はどれも七百円です。ご飯とお味噌汁や小鉢も付きます」

「じゃあ、豚の生姜焼き定食をお願いします」

本当は簡単に蕎麦かうどんで済ませようかと思っていたのだが、家族みんなが好物の生姜焼きにすることにした。お店の味を少しでも家庭で出せたらみんなが喜んでくれるかもしれない。久しぶりの一人の外食なのにそんなことを考えるなんて。頼子はクスッと笑ってしまった。

「あら、何かいいことでもあったんですか？」

先ほどとは違う年配の女性が隣のテーブルを片付けながら頼子を見て言った。

あの女の子のお母さんかしら？

軽くパーマのかかったショートヘアに三角巾を付けて白い割烹着を着ている。

「あ、いいえ。生姜焼きが楽しみだなって」

「それは嬉しいわ。すぐに作りますから待っていてくださいね」

女性が気の良さそうな笑みを見せた。

「おばちゃん、ご飯のお代わり。半分ちょうだい」

「はーい。半分でいいの？　うちは最初のお代わりは無料だよ」

「そうなの？　じゃあ大盛りでもいいの？」

「もちろん。食べられるなら」

「じゃあ、大盛りちょうだい」

ハンバーグ定食を食べているスーツ姿の男性がご飯茶碗を差し出した。

大盛二杯食べて七百円なら涼介もいつか連れてきてあげたいわ。そんなことを思っていると、若い女の子が頼子に豚の生姜焼き定食を運んできた。

「こちら、豚の生姜焼き定食です。ご飯のお代わりもできますので」

お膳の上には山盛りキャベツの千切りにタレがたっぷりかかった豚ロース肉の生姜焼きの皿がのっている。キャベツの横にはポテトサラダと、くし形にカットされたトマトが一切れ。小鉢はキュウリとわかめの酢の物。味噌汁はサトイモと油揚げ。それに白菜の浅漬けが付いている。

うわ～！　どれも美味しそう。一つのお皿にキャベツの緑、トマトの赤、ポテトサラダの白に、美味しそうな生姜焼きの照りのある茶色。見ただけで唾がこみあげてくる。真美がお母さんの作るお弁当は全部おかずが茶色って文句を言っていたけど、確かに色合いは大事かもしれないわね。

まずはキャベツと一緒に生姜焼きを一切れ食べてみた。豚肉が厚すぎず薄すぎず、ちょうどいい噛み応えがする。豚肉だけかと思ったら、トロリとした食感の薄く切った玉ねぎも一緒に炒めてある。タレは相当工夫しているのだろう。甘辛醤油ベースで生姜の風味がかすかに感じられる。たくさんタレがかかっていてもくどさは全くない。それなのにご飯がすぐに欲しくなる。よく鰻のタレだけでご飯が食べられるというが、これなら生姜焼きのタレでご飯が食べられそうだ。途中、キュウリとわかめの酢の物を食べてみると、口の中が一気に爽やかになった。

バランスがいいわ〜。味噌汁を一口飲むとサトイモが口の中で優しく溶けた。

頼子はあっという間に食べてしまった。そうそう、これもあったと白菜の浅漬けを最後に食べていると奥から女の人がお茶を運んできてくれた。

「今日も寒いですね。温かいお茶どうぞ」

「ありがとうございます。最後に温かいもの飲むと落ち着きますすね」

「それは良かった」

「あっ、もうこんな時間。行かなくちゃ」

「お仕事？」

「はい。駅前のスーパーでパートをしていて」

「ハイパーかしら？　私もときどき寄らせてもらってますよ。ハイカラな食材がいろいろあって楽しいし勉強にもなるからね」

「ありがとうございます。じゃ、お勘定を」

食事に夢中になってすっかり時間を忘れていた。七百円払って頼子は急いでパートに向かった。


しっかりとお昼を食べたせいか、その日は途中疲れることもなく順調だった。お釣りを間違えることもなかったし、袋詰めもやり直すことなく、すべてが一発で決まった。いつもは家を出る前に慌ただしく子どもたちのお弁当の残りや消費期限が切れそうなパンをかじってくるぐらいだが、今日は肉も野菜もご飯もしっかり食べたせいか頭がよく働く。

白菜、しいたけ、鶏肉、白滝、絹豆腐・・・。このお客さん、今夜は水炊きかしら。うちもそうしようかな。簡単だし。そんなことを考えていると店長がやってきた。

「頼子さん。今日、休憩のときにちょっと話があるんだけど」

あと十分で休憩時間だ。仕事の話なら休憩時間でないときにしてほしいと思ったが、もしかしたら半年経ったから時給が上がる話かもしれない。

「分かりました」

頼子は笑顔で答えた。


「失礼します」

休憩室に入ると、店長の富田《とみた》、野菜売り場担当の寺岡《てらおか》と肉売り場担当の岡崎《おかざき》、魚売り場担当の中井《なかい》、そしてパートの中では一番長くからいるパートリーダーの史子《ふみこ》がいた。史子は頼子と同じぐらいの歳だが開店当時からパートをしているベテランだ。ほかは本社スタッフの男たちばかりだ。

「あ、頼子さん、お疲れ様。じゃあ、そこに座ってくれるかな」

なんの話かしら。このメンバーとなると、時給アップでないことだけは確かだわ。頼子は史子の横の椅子に座った。

「みんなに集まってもらったのはね、本部からそれぞれの店で売り場活性化委員会を作ってくれというお達しがあったからなんだ」

入って半年のパートになんの関係があるんだろう？　史子の方を見ると意気揚々とした

顔で富田を見ている。そういえば、富田と史子が不倫しているという噂を聞いたことがある。本当なのかしら？

「もしかしたら、俺たちがその委員会のメンバーなんですか？」

肉売り場担当なのにモヤシみたいに細くて白い岡崎が尋ねた。

「まあ、そんなわけだ」

「売り場活性化委員会って何をするんですか？」

今度は中井が聞いた。

「その名の通りだよ。ハイパーの売り場に活気があって、お客さまが来たくなる店にするために新しい企画を考えて実行してほしいんだ。何をやるかについては本部を通さなくても店長決済で進めていいそうだ。アイディアと売り上げを総合判断して本部はそれぞれの店の評価を下すらしい」

なかなかのやり手と言われている中井が身を乗り出した。

「評価って？」

「店の評価と言っても委員会のメンバーの力だから、次の店の店長になれるかもしれないぞ」

「給料も上がります？」

まだ二十代の寺岡が聞いた。

「そりゃ、そうだろう」

「ちょっ、ちょっと待ってください。私はまだ入って半年ですし、ただのパートです」

「頼子さん、あなたみたいな主婦の意見を取り入れたいんだよ。だってうちの店の客層は、ほとんどが主婦だろう」

「ほかにも主婦でパートの方はたくさんいるじゃないですか」

「頼子さん、一緒に頑張りましょうよ」

史子が手を握ってきた。

「あなたは覚えもいいし、お客さんからの評判もいいのよ」

「でも、子どももいますので、パートの時間以外はなかなか難しいです」

「大丈夫。なるべくその時間内で打ち合わせをするし、どうしても無理なら、その分の時給はいつもより百円高くするから」

富田も寄ってきて、史子と富田に左右を挟まれる形になった。

「とりあえずは週に一度、頼子さんのパートの時間内に会議をすることにしよう。まずはそこからだ。明後日の三時でどうかな。いいよね。じゃあ、時間もないから解散」

いいともダメとも言う前に休憩時間は終わってしまった。

「ねえ、ちょっとちゃんと聞いてるの？」

美容液を顔にすり込みながら則之に今日のことを話した。

「聞いてるよ」

スマートフォンをいじりながら則之が答える。

「私はただのパートなのよ。なんでそんなことまでしなくちゃいけないのかしら」

「まあ、いいんじゃないの？　期待されてるってことで」

「携帯ばっかり見てないでちゃんと聞いてよ」

「うん。聞いてるよ」

「じゃあ、ときどき委員会で遅くなったら、あなたがご飯作ってくれるの？　家のことしてくれるの？　真美は高二なのに何も手伝わないし、涼介は食欲だけは一人前なのに、まだ小学生みたいだし。あ、食欲は一人前以上よね。」

振り返ると則之は寝ていた。

週に一度の売り場活性化委員会の会議は毎週木曜日の三時から開かれることになった。

レジ係の仕事と違って、椅子に座っていられるのはありがたいが、毎回売り上げがよくなるようなアイディアを出さなければいけない。

安売りをすれば集客アップに繋がるかもしれないが、ここはハイパーだ。高品質をうたっているだけにあまりディスカウントというのはしたくないらしい。結婚するまで腰かけ程度の事務仕事しかしてこなかったので企画だのアイディアなどと言われてもどうしていいのか分からない。

「あの・・・大丈夫ですか?」

ちょうど客が引く二時過ぎ。顔を上げると女の人がレジの前に立っていた。

「ごめんなさい。ちょっと考えてごとをしてしまって」

「あら? この間、お昼に来てくださったわよね」

白い割烹着を着た五十代ぐらいの女性。この人の頭に三角巾をのせると……。

「あ、生姜焼き定食が美味しかったお店の方ですよね」

「そんな風に覚えてもらって嬉しいわ。うちはね、『おばんざい屋 くるくる』っていうお店なの。私は店主の育子《いくこ》。よろしくね」

買い物かごの中に玉ねぎが入っている。

「お店の食材のお買い物ですか?」

「そうなの。いつもは業者さんがまとめて持ってきてくれるんだけど、ときどき足りなくなるとこうやって」

「そうなんですね」

「ここは地元の玉ねぎがおいてあるから助かるわ」

「新玉。美味しいですよね」

静浜市の西の砂地は玉ねぎの産地だ。年が明けるとすぐに市場に出回るので、日本で一番早く出荷されることでも有名だ。辛みはほとんどなく、甘くてみずみずしいので水にさらさなくても生のまま食べられる。頼子も則之の酒の肴にかつお節と醤油をかけて出すことがある。切るだけだから簡単だ。

「オニオンスライスとか、お店で出すんですか？」

「夜のメニューで出すこともあるんだけど、ほら、あなたも食べたでしょ。豚の生姜焼き定食」

「あ、そういえば、豚肉と一緒に炒めてありましたよね。タレに絡んで甘くて美味しかったです」

「ありがとう。でもね、それだけじゃないの」

ちょうど売り場は空いている時間だ。気になって頼子は聞いてみた。

「何か工夫されているんですか？　とても美味しかったから、家でも真似して子どもたちにも食べさせてあげたいなって」

「いいお母さんだね。工夫ってほどでもないけど、生姜焼きのタレの中に玉ねぎをすりおろして加えているのよ」

「そうなんですか！　すりおろしたものはタレに入れて、薄切りは豚肉と炒めて、ダブル使いなんですね」

「ダブル使いなんて面白いこと言うね。まあ、そういうことよ」

「家でも作ってみます」

「新玉は甘いから味醂の量は少なめがいいと思うよ」

そう言って育子は勘定を済ませて去っていった。


「母さん、ご飯まだ？　いい匂いしてるね」

早速その晩、育子に言われた通りに豚の生姜焼きを作っていると、涼介が近寄ってきた。

「一切れ、味見していい？」

「ダメよ。一切れじゃ終わらないでしょ」

玉ねぎをすりおろしたりして、支度に時間がかかったが、いつもとは一味違う生姜焼きになった。

「さあ、出来たわよ」

「いただきます」

早速一口食べてみた。豚肉にタレが絡んで美味しく感じる。

「どう？　美味しい？」

涼介を見ると味わうというより飲み込むように五分で食べ終えてしまった。真美は太るからと豚肉はあまり食べずにキャベツばかり食べている。則之はビールとちくわでまずは晩酌だ。

「涼介、ちゃんと噛んで食べなさい。真美、ご飯もお肉も食べないと栄養のバランスが取れないわよ」

注意をしてもテレビを見ているばかりで何も答えない。

「ね、あなた。お酒もいいけど、豚の生姜焼きも食べてみてよ」

「食べるよ。でも、自分のペースで食べさせてくれよ」

「冷めちゃうとお肉が硬くなるし」

「俺はね、会社でいろいろ大変なの。家に帰ってきたときぐらい好きにさせてくれよ」

「ごちそうさま」

涼介と真美が両親の不穏な空気を感じて席を立った。

「頼子さん、何かいい案は見つかりました？」

翌週、売り場活性化委員会の会議が始まった。主婦目線でのアイディアをということで、史子と頼子に期待がかかっているようだ。だが、パートリーダーの史子はほかのパートが急な休みになると、会議よりもその代わりを務めなければいけないらしい。今日はレジに出るからと会議は欠席だ。

「すいません。ちょっと思いつかなくて。皆さんはいかがですか？」

「俺たちは仕入れとか、バックヤードが忙しくてあまり売り場にいないんだよ。頼子さんなら主婦だし、レジにずっといるから何か気づくでしょ」

中井が言う。

「来月までには企画を決めろって店長が言ってましたよ」

寺岡が焦ったように言い、岡崎が貧乏ゆすりを始めた。今日も進展はない。


「あっ、ごめんなさい」

この日は同じ間違いを二度もしてしまった。賞味期限間近の半額のシールが貼られているのを見過ごして客から指摘されたのだ。

丁寧に何度も謝ったが、値引き商品を買っているのが後ろの客にあからさまになるのが恥ずかしいとまた怒られた。パートリーダーの史子にも呼び出されて注意を受けた。

「こんにちは」

レジ前に置かれたカゴには玉ねぎが五つ。顔を上げると「くるくる」の育子がいる。

「しょぼくれた顔しているけど何かあった？」

「え、そうですか？　すいません」

「まあ、何があってもお腹は空くから、また今度お昼でも食べに来てよ」

「はい。でも、私一人の昼ごはんを外食なんて贅沢かなって」

「うちの定食を贅沢って言ってもらえるなんて嬉しいね。まあ、気晴らしになるかもしれないし。また寄ってみて」

「はい」

明日は真美も涼介も塾の日だから遅くなる。則之も残業で遅くなると言っていた。夕食の支度をしてからパートに行かなくても帰ってから作れば間に合う。パートの前にまた昼ごはんを食べに行ってみようかしら。

「あの、お店は何時からやっているんですか？」

「うちはね、朝七時から十一時までが朝定食、十一時から二時までがランチで、そこから休憩して夕方五時から開けて九時半がオーダーストップ。日曜定休ね」

「それなら明日のお昼に行こうかしら」

「来れたらでいいよ。気軽に来てね。」

頼子は行ってみようと思った。


「すいません。一人ですけど、もうお昼いいですか？」

翌日頼子は十一時に「くるくる」に行ってみた。パートは一時からだからゆっくり食事することができる。

「いらっしゃいませ」

この間と同じ若い女の子が出てきた。

「あ、育子さんから聞いてます。ハイパーの方ですよね」

「はい」

「どうぞお好きなお席へ」

店に入ると奥の厨房から育子が出てきた。

「あ、育子さん」

「本当に来てくれたんだね。ありがとう。確か、名札に佐藤さんって書いてあったね」

「そうです。覚えていてくださったんですね」

「下のお名前は？」

「頼子です」

「頼子さんね」

朝定食が終わってまだランチの客は誰も来ていない。頼子はカウンターに腰を下ろした。

「あの方は娘さんですか？」

「毎日一緒に仕事していると似てくるのかもね。うちで住み込みで働いてる麻美《あさみ》ちゃんだよ。麻美ちゃん。親子ですかって」

「ここで働いて一年半になります」

麻美がメニューを持ってきた。

「ハンバーグ定食をお願いします」

またしても子どもたちの好物を選んでしまった。

「今日は和風ハンバーグですけどいいですか？」

「はい」

ほどなくして麻美がハンバーグ定食を運んできた。ハンバーグの上に大根おろしがのっている。ポン酢風味の味付けのようだ。付け合わせに、茹でたブロッコリーとニンジン。

小鉢はひじきの煮物。ジャガイモと玉ねぎの味噌汁にカブの漬物も付いている。

「美味しそう」

頼子は早速箸を手に取った。

「いただきます」

ハンバーグに箸を入れると飛び出るように肉汁が流れてきた。合い挽き肉のようだ。一口食べてみると
「美味しいっ」

思わず声が出た。

こんなにジューシーなハンバーグ生まれて初めて食べた。家でも子供たちのリクエストでハンバーグはよく作るが、焼きすぎて硬くなったり、つなぎのパン粉を入れすぎてブヨブヨになったりしてしまう。最後に市販のソースをかけてなんとかごまかしていた。

「お口に合いました？」

育子がお茶を運んできた。

「とっても美味しかったです。なんでこんなにジューシーなんですか？」

「玉ねぎかな？」

「え？　私も家で作るときは玉ねぎを入れています。よく炒めて、それを冷ましてから

ひき肉と混ぜて、塩コショウや牛乳に浸したパン粉を入れて」

「この時期は新玉ねぎが美味しいでしょ」

「はい。生姜焼きの時も新玉ねぎでしたね」

「そう。ハンバーグにも入れているんだけどね、新玉ねぎは柔らかいし甘いから、みじん切りにしたら炒めないで生のままひき肉に入れているんだよ」

「でもそれだと玉ねぎの水分でべちゃべちゃになるんじゃないですか」

「そう。だからパン粉に牛乳を加えないんだよ。新玉の水分で十分だからね」

「なるほど」

それなら玉ねぎを炒めて冷ますという手間もなくなるし、牛乳がなくてもできる。

「まだ時間があるならコーヒーでもどう？　うちは十二時過ぎると一気に忙しくなるけど、まだ今のうちなら大丈夫だから私も飲みたくてね。麻美ちゃん、コーヒー二つ持ってきて」

「はーい」

「なんだか、ご飯食べたらこの間よりも顔色が良くなったみたいだね」

育子の顔を見ていたら心にためていたものを吐き出したくなった。パート先の売り場活性化委員会で何の提案もできないこと、悩んでいるせいかミスが続いていること、家でもみんな好き勝手ばかりで自分ばかりが損をしているような気がしていること。

「いらっしゃいませ」

言いだそうと悩んでいたところに客が入ってきた。

「頼子さん、ゆっくりコーヒー飲んでいってね」

結局なんの相談も出来ず頼子はその日もパートに行った。


数日後、また頼子は失敗してしまった。一万円札と五千円札を間違えてお釣りを渡してしまったのだ。それだけではない。同じ商品を二度もレジに通してしまった。どちらもすぐに客が気づいたから大事には至らなかったが、休憩中に店長の富田に呼ばれた。

「頼子さん、どうしちゃったのかな」

「すいませんでした」

「売り場活性化委員会は荷が重かったのかな」

「そうかもしれません。私、なんの企画も出せなくて」

「難しく考えなくていいんだよ。普段買い物していて、こんなものがあれば便利だなとか、こんなサービスがあれば助かるなとか」

「はい」

「疲れているみたいだし、今日は早退してもいいよ」

まだ三時で子どもたちも学校からは帰ってこない。一人で頭を休めようと頼子は家に帰ることにした。

「あら？　頼子さん？」

ハイパーを出たところで声を掛けられた。「くるくる」の育子だ。

「あ、こんにちは。お買い物ですか？」

「休憩中にウォーキングだよ。お腹周りの肉が気になるとこうやって外を歩くんだ。そうすると新しいメニューが浮かんだりするんだよ。一緒に歩かない？」

「はい」

頼子も並んで歩くことにした。

「育子さん、私、仕事も失敗ばかりだし、家でもなんだかパッとしないというか……」

「まあ、みんなそれぞれ、いろいろあるよね」

「売り場活性化委員会に選ばれたんですけど、なんの役にも立てないんですよね」

「売り場？　活性化？　ふーん。よくわかんないけど。あっ、そうだそうだ。レンコンをたくさんもらったんだけど、よかったらどう？　お裾分けするよ。お店で小鉢にレンコンのきんぴらをよく出すんだけど、メインの料理っていうと肉や魚が多いから使いきれなくてね」

「レンコンですか？　シャキシャキして美味しいですよね。メインにするならひき肉を挟んで揚げたり、焼いたりしてもいいですし、豚肉と甘辛く炒めるとか、魚料理なら揚げたタラと甘酢で炒めるとか、一品料理ならすりおろしてレンコン饅頭とか」

「頼子さん、すごいね。次から次へとメニューが出てくるじゃない」

「そうですか？　実際に美味しく作れるかどうかは分からないですけど。食材を見ていると、この料理が出来上がるなって閃くんです。普段は子どもたちが食べたがるカレーとかオムライスとか、簡単なものしか作らないから何の役にも立たないんですけどね」

「そんなことないよ。今、私、すごく助かっているもの。私は作るのは好きだし、お店をやっているぐらいだから一通り作れるんだけど、メニューがなかなか思いつかなくて困っているのよ」

「いつもレジにいるから、お客さまの買い物かごを見て、何を作るのかなって考えるのが癖になっているのかもしれません。それに結婚する前は主人といろいろなお店に食べに行ったりしたから」

「今は行かないの？」

「だって子どもたちがいるので」

「たまには二人で出掛けてもいいんじゃない？」

「そうですね。もう中学生と高校生だし」

「それよりもさっきのレンコンメニュー。うちの店で出してもいい？」

「はい。もちろんです。ただ、思いついたままを言っただけですから」

「頼子さん。それよ！　それ！」

「え？」

「その、あなたがさっきから悩んでいる売り場なんとか委員会とかいうやつ」

「売り場活性化委員会です。何か集客につながるような、お客さまが買い物をしたくなるようなアイディアを出さなくちゃいけないんです」

「ハイパーでは地元の朝採れ新鮮野菜が人気でしょ。でもだいたいそれで作るメニューってどの家も決まっちゃっているのよね。あなたのアイディアでその野菜を使った料理を紹介する掲示板とかチラシを作ったら？」

「私で出来るかしら？」

「この間ハイパーに行ったときに芽キャベツがたくさん並んでいたんだけど、みんなシチューにいれるぐらいしか思いつかないって言ってたわよ」

「芽キャベツならスープ系だけでなくて、ベーコンと炒めたり、茹でて酢みそと和えてもいいですし、小さいからお弁当の色どりにもぴったりですよね」

「その調子、その調子」

育子に言われて頼子はなんだか出来る気がしてきた。


次の売り場活性化委員会で頼子は話してみた。

「旬の野菜や珍しい野菜のメニューを紹介してみたらどうでしょうか？」

「例えば？」

野菜売り場担当の寺岡が聞いてきた。

頼子は育子と話したことをみんなに言ってみた。

「へ～。レジ係って、カゴの中を見て、メニューを推測できるんだ。すごいな」

「実は私もそれやってるの。頭の体操にもなるし、自分の家の献立を毎日考えるの大変だから結構いいよね」

史子も大きくうなずいた。

「魚も旬があるよ」

中井が言った。

「店長、頼子さんの案で進めてみませんか？　旬の野菜や魚、それにお買い得になるような肉と合わせたメニューを頼子さんを始めとしたパートさんに教えてもらって、それを週の初めに掲示板で告知しましょう」

岡崎が皆の意見をまとめた。

「よし。たしか史子さんはポップを描くのが得意だったよね。残業になるかもしれないけどやってくれるかな？」

「もちろんです」

「史子さん、頑張って社員になれるといいね」

そうか、史子は富田と不倫しているからやる気なのかと思っていたが、社員になりたくて頑張っていたのか。

「頼子さん。いいアイディアをありがとう。」

富田が礼を言った。


「育子さん、こんばんは」

「あら、夜になんて珍しい。こちらは？」

「主人です」

「こんばんは。パートで臨時収入が入ったから美味しいお店に連れて行ってくれると妻が言うので」

その日、真美も涼介も友達の家に遊びに行くといい、夜は夫婦二人だけだった。そこで頼子は則之と「くるくる」にやってきたのだ。二人はテーブル席に向かい合って座った。

「夜は定食も一品料理もありますからいろいろ食べていってくださいね」

麻美がメニューを置いていった。

「あら？ レンコン饅頭だって。それに芽キャベツの酢みそ和え」

「なあ、ビール飲もうぜ。頼子も飲めば？」

「じゃあ、生ビール飲んじゃおうかな。すいません。生ビール二つください」

「はーい」

麻美がいそいそと運んでくる。

「なんでも頼んでね。今日は私の臨時収入でおごっちゃうから。乾杯！」

二人でグラスを合わせて勢いよく飲んだ。

「何を言ってるんだよ。俺が払うよ。いや、払わせてもらうよ。だってここのところ仕事も大変そうだったのに、家のこともまかせきりだったからな」

「分かっててくれたの？」

「まあ、子どもたちの前ではこんなこともなかなか言えなくてね。ごめんな」

注文を聞きに行こうとした麻美の腕を育子がつかんで止めた。

「もう少し二人きりで話をさせてあげようね」

トラック運転手の孝夫

「すいません。レモンサワー一つ」

休みの前の日は必ずといっていいほど、この店の暖簾をくぐる。

繁華街から一本奥に入ったところにある「おばんざい屋　くるくる」だ。通い始めて三年ほどになる。料理が美味しくて値段が良心的なのでよく足を運んでいたが、少し前から若くてかわいらしい女の子が働くようになって、店に行く回数が増えた。店主の育子の話によると、去年からこの店に住み込みで働いているらしい。

その女の子、麻美がレモンサワーを運んできた。

「お待たせしました。レモンサワーです」

「ありがとう」

「明日はお仕事お休みですか?」

「そうだよ。翌日にお酒が残るといけないから普段は飲まないようにしているんだ」

藤田孝夫《ふじたたかお》は配送業の会社に勤めるトラックドライバーだ。車が好きだった孝夫は高校を卒業して静浜運送に就職した。会社で中型免許を取らせてもらい、二トントラックに乗って静浜駅前エリアを担当している。この春で七年目。男ばかりの会社で、なかなか彼女ができないのが悩みだが、面倒見のいい先輩たちに恵まれて給料もまずまずだ。

孝夫が回っている静浜駅近辺はここ数年、高級マンションが増えている。最上階は億ションと言われるほどの部屋らしい。しかもそれを購入する人たちは既に立派な一軒家を持っていて、セカンドハウスとかサードハウスという名目で買うというからびっくりだ。

今年中に彼女を作って三十までに結婚して、億ションとは言わないが、階段でなくエレベーター付きのマンションに住めたらいいな。そんな風に思っていると
「はい。お通しです」

麻美が小松菜と厚揚げのお浸しを運んできた。

「今日は何を食べようかな?」

「春キャベツのコールスローとか、タケノコをたくさん入れた春巻きなんてどうですか?」

「いいね。両方もらうよ」

「普段は自炊しているんですか?」

「なるべくね。前は弁当や外食が多かったけど、野菜不足でさ」

「若いのに栄養のこと考えているんですね」

「俺たちの仕事は運転するだけじゃなくて重たいものを運ぶ力仕事もあるし、階段の昇り降りもあって体力勝負なんだ。だから社長から肉や魚はもちろんだけど、野菜もバランスよく食べて健康管理をしろってよく言われているんだよ。それに筋トレもね」

そう言って半袖シャツをめくって腕の力こぶを作ってみせた。

「孝夫さん、いらっしゃい。立派な筋肉だね」

育子が出てきた。

「育子さん。こんばんは」

「家ではどんな料理を作るのかい？」

「簡単なものですよ。肉と野菜を炒めたりするような。あっ、でも最近ハイパーっていうお店に行ってみたら、入口の掲示板に季節の野菜を使った料理の紹介があって助かるんですよね」

「あ、頼子さんのところね」

育子と麻美が顔を見合わせて微笑んだ。

「今年はお花見には行ったの？」

「一緒に行ってくれる人がいればいつでも行きたいんですけど。それに花より団子です。美味しいものを食べるほうがいいですね。」

「花より『くるくる』ってわけね。そうだ！　今日はいいタケノコがたくさん入ったから夕ケノコご飯も炊いたの。最後にどう？」

「美味しそうだ。それもお願いします」

お花見には行けなくても食材で春を満喫できるメニューになった。

「はい。お待ちどうさま。コールスローと春巻きです」

麻美がガラスの器に盛られたコールスローと揚げたてで湯気が立つ春巻きを運んできた。コールスローは柔らかい春キャベツとニンジンの千切りに粒コーンも入っている。ツナも入っていてマヨネーズとよく合う。コショウが多めに入っているらしくレモンサワーとの相性はバッチリだ。

「春巻きはこの辛子醤油をつければいいの？」

小皿を持ち上げて麻美に聞くと
「はい。でも、そのままでも味がしっかりついているから美味しいですよ」

それならばと何もつけずに食べてみた。

「熱っ」

パリッとした皮の中は熱々でトロトロだ。シンプルに豚肉とタケノコだけの中華味のとろみのある餡がたくさん入っている。慌てて冷たいレモンサワーを飲みほした。

「すいません。レモンサワーお代わり」

この日はタケノコご飯を二杯も食べて孝夫はアパートに帰った。

仕事がある日はいつも六時半に起きる。軽くストレッチと腕立て伏せをして、その後でお茶漬けを流し込む。夏でも冬でも朝食はお茶漬けだ。休みの日に白米をたくさん炊いて、一食分ずつラップにくるんで冷凍しておく。朝はそれを電子レンジで解凍して、電子ポットで湯を沸かし、お茶漬けの素をかけて出来上がり。簡単だしパンよりも腹持ちがいい。

八時までには会社に到着してまずは制服に着替える。ロッカールームには身だしなみチェック表というのがあり無精ひげが生えていないか、ボタンはすべてとめてあるかなど注意書きが添えられている。いつもたいして確認もせずに自分の名前の欄にレ点を付ける。トラックに乗る前にも今一度確認をと書かれているのを見て、孝夫は学校でもないのにいちいちおせっかいだなと思った。

次にアルコールチェックを受ける。これはパスできないと大変だ。前日の酒が残っていて、このアルコールチェックにひっかかると仕事が出来なくなるし、代わりに回ってもらう人たちにも迷惑をかけることになる。そんなことになってはいけないので孝夫は翌日が休みの日以外、酒は飲まないようにしている。

次にその日に回る先や配送ルートを確認して、トラックに荷物を積んでいく。孝夫は比較的会社から近いエリアを担当しているので、午前の分だけを積み込んで、八時半には会社を出発する。昼に一度会社に戻ってから休憩を取り、午後の配送や午前に留守だったところを回る。

「藤田君、おはよう」

出掛ける前に缶コーヒーを飲んでいると声を掛けられた。

「井上《いのうえ》さん、おはようございます」

井上はもうすぐ六十歳になるこの会社で一番の古株ドライバーだ。新人教育も任されていて、孝夫も最初のころは慣れるまで一緒に回ってもらっていた。

「コーヒー飲むとトイレが近くならないか？」

「そうですかねー？　あまり気にならないですけど」

「俺はすぐに行きたくなるんだよ。それに年のせいか午前中はとくにトイレが近くてさ。話していたら行きたくなったよ」

「僕も行っておこうかな」

二人でトイレに行き、桜の時期はピカピカの一年生に注意して運転しなくちゃと話をし、その後、井上と別れて早速トラックに乗り込んだ。午前のほうが一般家庭は在宅率が高い。今日も午前中が勝負だ。シートベルトを締めて孝夫はエンジンをかけた。

孝夫の担当の静浜駅付近はマンションが多い。多いときは一つのマンションで二十も三十もの配達がある。どの部屋も最初に一階にある共通のインターフォンを鳴らしてからエントランスのドアを開けてもらい各部屋に行く。一つの部屋で一階のエントランスを開けてもらえれば、あとは直接部屋の前のインターフォンを鳴らせるのだが、会社からの指示で、なるべく一階でインターフォンを鳴らしてから部屋のインターフォンを鳴らす二段階方式で行くように言われている。防犯のためか、なんのためかよくわからないが、その方が安心なんだそうだ。

この日も孝夫は一階のインターフォンを何軒分も鳴らし、その都度、他の部屋を回ってから行きますのでしばらくお待ちくださいを繰り返し、最後に鳴らした先でようやくマンションの中に入った。

順調に配達が進んで最後は最上階の里中《さとなか》さんという家だ。

里中さんは静浜駅一番の繁華街でクラブのママをしていると聞いたことがある。配達先の住人の話はご法度なのだが、きれいな人でプレゼントらしきお届け物も多いので、気になって前の担当者に聞くと、「クラブ・パピヨン」の百合子《ゆりこ》ママだという。どう見ても三十代前半にしか見えないが本当はもう四十を過ぎていることも教えてくれた。

親しい客は店ではなく自宅に贈り物をするらしく、酒や花、メロンや牛肉など孝夫は週に一度は配達に訪れている。今日持っていく箱には割れ物注意のシールが貼られ、シャンパンと記されている。

孝夫は台車を転がして玄関の前まで来た。その時になって孝夫は気がついた。一階のエントランスで里中さんの家のインターフォンを押すのを忘れてしまったのだ。また一階まで戻ってここまで上がってくるのは面倒だ。いるかどうかも分からない。部屋の前だがインターフォンを押してみた。応答がないので留守かと思って帰ろうとすると

「はーい」

女性の声がして、ドアが開いた。

「静浜運送です。えっ？　うわっ」

バスタオルを巻いただけの百合子ママが現れた。

「ごめんなさい。ちょっとシャワーを浴びていたの」

甘い石けんの香りが玄関を包んで孝夫はクラクラした。

「判子よね」

そう言って百合子ママが靴箱の上に置いてある判子を取ろうとした。その瞬間、はらりとバスタオルが落ちた。

全部見えた。上も下も。

ダメと思っても目をそらすことができない。固まっていると、

「いやん」

そう言って後ろを向いた百合子ママの白いお尻もばっちり見えてしまった。

「すっすいません。一時間後に参りますので」

ドアを閉めて外に出た。

気がついたらエレベーターに乗っていた。途中の階で乗り込んできたおじいさんが孝夫をジロジロ見ている。いつもなら乗り合わせた住人に挨拶をするが、今日はそんな余裕はない。まだ心臓はドキドキしている。孝夫は見たもの全てを消し去ろうと頭をブンブン振った。

「お兄さん。社会の窓、開いてるよ」

横のおじいさんに言われて、下を向くとズボンのチャックが開いている。しかもそこから黄色のボクサーパンツが見えている。朝、井上とトイレに行ったときにうっかり閉めるのを忘れてしまったのだ。孝夫は慌ててチャックを閉めた。

逃げるようにマンションを出て、トラックに乗りこんだ。

別に何か悪いことをしたわけではない。バスタオルが勝手に落ちただけなのだ。チャックもわざとではなく閉め忘れただけなのだ。でも、裸の女の人の家からズボンのチャックが開いた男が出てきたのを誰かに見られていたら……。それってまるで間男じゃないか！

一時間後に百合子ママのマンションを訪ねてみたが留守のようだ。インターフォンを押しても返事がない。もしかしたら居留守かもしれない。生鮮食品と違ってシャンパンなら今日でなくても大丈夫だ。日にち指定もないから明日にしてみよう。いや、明日と明後日はシフトが休みだから別の人が行ってくれることになる。

孝夫は次の配送先へと向かった。

本来なら連休前は心が弾むものだ。仕事が終わると「くるくる」に行き、二日間何をしようか考えて、映画に行くなら上映時間を調べたりして育子や麻美と会話する。でも今日は無理だ。目を閉じると百合子ママの裸体が浮かぶ。その日はまっすぐ家に帰った。

翌日会社に電話をしてそれとなく問い合わせてみると、百合子ママの家に無事シャンパンは届けられたらしい。とくにクレームなども来ていないようだ。家にいてもやることもないし、夜になって腹も減ったので「くるくる」に行くことにした。

「こんばんは」

いつものようにカウンター席に腰かけると、隣のカップルが何やら小声で話をしている。

「なんだか怖いわ」

「春だからね。変な奴が出没するのかもしれないね。恵美《えみ》ちゃんも気をつけたほうがいいよ」

「そうよね。支店の中にいるから大丈夫だとは思うんだけど、この間は自分の携帯電話の番号を書いた紙を渡してきた男の人がいて困っちゃった」

「まさか、その男と会ったりしていないだろうね」

「当たり前でしょ。でも帰り道とか待ち伏せされたら怖いな」

「どうしたんですか?」

同じぐらいの歳で、よく見かけるカップルなので聞いてみた。

「僕のいる信用金庫のお客さんからの噂話なんですけどね、どうやら静浜駅の近くで変質者が現れるみたいなんですよ」

「変質者?」

「そうなんですよ。噂なのではっきりしないんですが、下着泥棒という説もあれば、露出狂という説もあって」

「ろっ露出狂」

まさか、チャックを閉め忘れた自分のことではないだろうな。孝夫はドキリとした。

「どの辺りに出没するのかしら?」

彼女のほうも心配そうに聞いている。

「静浜駅の近くのマンションの方って聞いているよ」

孝夫の背中に嫌な汗が流れた。

「はいはい。根拠のない噂話はそれくらいにしておこうね」

育子が孝夫のところにお絞りを持ってきた。

「じゃあ僕らはお勘定で。恵美ちゃん、家まで送っていくからね」

「宏《ひろし》さん、ありがとう」

もっと詳しい話を聞きたかったが、二人は勘定を済ませて帰ってしまった。

「さあ、何にしましょ」

育子が笑顔で聞いてくる。

「えーっと、えーっと」

「いつものレモンサワーじゃないの？」

「あっ、はい。そうです」

「どうかしたの？」

「いえいえ、お腹が空きすぎたのかな。なんだかぼーっとしちゃって」

「それならたくさん食べていってよ。春野菜と桜エビのかき揚げなんてどう？　それから鶏の唐揚げに甘酢ソースをかけて油淋鶏みたいにしたのもあるし、豚の角煮も柔らかく煮えているよ」

「それでいいです」

「えっ？　全部食べるの？　ちょっと多すぎると思うけど」

「あっ、そうですよね」

「大丈夫？　なんだかうわの空みたいだけど」

「おまかせでお願いします」

「かき揚げと唐揚げだと揚げ物が重なるから、かき揚げと角煮にしようね」

「育子さん、八人だけど入れる？」

入口を見ると新しい客が入ってきた。

「テーブル繋げるからちょっと待ってくださいね」

「いいよいいよ。俺たちがやるから」

店が賑わう時間帯だ。孝夫は心ここにあらずで食べ終わるとレモンサワーのお代わりもしないで帰っていった。

連休明け、いつものように出勤して、早速配達に出掛けた。今日も静浜駅近くのマンションに届ける荷物はたくさんある。途中、百合子ママに会ったらなんて言えばいいんだろうか？　そんなことも頭によぎったが、いかんいかん、仕事に集中しよう。

今日は大きな箱の荷物はなく、袋に詰められた軽いものが多い。孝夫はいつもの台車ではなく、大きな袋にキャスターがついたカゴ型の台車を使って配達した。

マンションの下の階から配達していき、全て配達を終えエレベーターに乗った。「閉」のボタンを押すと、扉が閉まる直前に男が滑りこんできた。

「ちょっと待ってー」

女性の声が聞こえたが無情にもエレベーターの扉は閉まってしまった。

夫婦げんかでもしたのかな。そう思って男の方を見ると黒のハンチング帽を被り、サングラスを掛けて肩で息をしている。

一階に着くと、エレベーターの前にマンションの管理会社の制服を着た男性が二人仁王立ちしていた。その横をすり抜けようとした男を止めて何か問いただしている。

「下着を盗んだだろう」

「違いますよ」

「一七階に住む女性からたった今、管理室に連絡が来たんだ。エレベーターに乗った男を捕まえてくれって」

「下着なんてないよ。調べてくれてもいいよ」

孝夫が出て行こうとすると、念のため待ってほしいと言われた。

「ポケットでもどこでも調べてくれよ」

男は余裕の表情だ。

「おかしいなぁ」

何も出てこないらしい。管理会社の男性たちが焦り始めた。周りにはどんどん人が集まってくる。

「人を泥棒呼ばわりしやがって。恥をかかせたな」

怒って男が立ち去ろうとした。

「あの、僕も仕事があるので」

そう言って孝夫も出て行こうとすると
「あっ、これだ！」

管理会社の男性が孝夫の袋型の台車から白い何かを取り出した。

二つのお椀のついた白い布。ブラジャーだ！

「違います。ちょっと待ってください。僕じゃないです。神に誓って僕はそんなことしていませんから」

すると一人の老人が近づいてきた。

「あんた、この間、エレベーターで一緒になったときにズボンのチャックを開けていた人だよね」

「あのときは、わざとではなくて、ただ閉め忘れただけなんです。そういうこと、男ならありますよね。ありませんか?」

周りの人に助けを求めたがみんな白い目で孝夫を見ている。

「僕は次の配達に行かないといけないので失礼します」

マンションから無理やり出て行こうとすると
「警察を呼ぼう」

誰かが言った。管理人が逃がさないぞとばかりに孝夫の腕を掴んだ。

「やめてください。僕はやってないですよ」

「あれ? 『くるくる』でこの間会いましたよね」

若い男性が前に出てきた。信用金庫に勤めていると言っていた人だ。

「管理人さん。警察に突き出すのもいいですけど、まずは確かめてみてはどうですか?」

「何をだい?」

「このエレベーターには防犯カメラが付いていますよね。この人が下着泥棒や変質者なら、エレベーターの中でも怪しい動きをしているんじゃないですか？」

「俺はもう帰っていいか」

ハンチングの男がわめき始めた。

「カメラを見てからにしましょう」

孝夫とハンチングの男は両脇を管理人や住人たちに抱えられてみんなで管理室に移動した。

そして防犯カメラを巻き戻して見てみると・・・

孝夫が携帯電話で留守番電話を聞いている間にハンチングの男が孝夫の台車の袋の中にブラジャーを入れているではないか。

「犯人はこの男だ」

「警察に通報だ」

結局孝夫も一緒に話を聞かせてほしいということでその日の午前中は仕事にならなかった。

次の休みの前日、孝夫はまた「くるくる」を訪れた。

「いらっしゃいませ」

入口に近いカウンター席に座ると麻美が出てきておしぼりをくれた。

「この間は大変でしたね」

奥のカウンター席から話しかけられてびっくりして見ると、マンションで会った信用金庫の男性だ。

「あのときは本当にありがとうございました。防犯カメラがなかったら僕が犯人で今頃警察に捕まえられていたかもしれません。あなたは恩人です。一杯ご馳走させてくださ い」

「そんな気にしなくていいですよ。僕は静浜《しずはま》信用金庫の肴町《さかなまち》支店の鈴木《すずき》といいます。みんな下の名前で宏って呼びますけどね。あのマンションはお客様が多いのでよく行くんですよ」

「宏さんですね。僕は静浜運送の藤田孝夫です。静浜駅の近くやこの肴町の辺りをよく配達で回っているんです」

「お二人、並んで座ります？」

カウンターの端と端で話していたので、麻美が気を利かして孝夫のレモンサワーを宏の席の横に置いた。

「いらっしゃいませ。何かあったのかい？」

厨房から育子がお通しのセロリのきんぴらを持ってきた。

「育子さん、聞いてくださいよ」

孝夫は下着泥棒に間違われた話を語って聞かせた。

「それは災難だったね。でも何もしていないんだったら逃げるような真似をしなくてもいいんじゃない?」

「はい、まあ、そうですね」

「あれ? あのとき誰かが孝夫さんのことをズボンのチャックを開けていた人って言ってなかった?」

「いやだ~! 何をしてるんですか?」

麻美がびっくりした声を上げて孝夫から一歩離れた。

「実は、少し前にあのマンションに配達に行ったとき、ズボンのチャックを上げ忘れていて、それをエレベーターの中で住人さんに指摘されたんです」

「そんなの男ならみんなよくありますよ。俺もあります。お客さんから言われたこともあるけど、だいたい一緒に大笑いして終わりですよね」

「なんだ。そんなことか」

麻美が安心したように笑った。

「普通なら笑えるけど、孝夫さん、そのときは笑えない状況だったんじゃないのかい?」

育子が言った。

「え? なんで知っているんですか?」

「確かではないけど、この間お店に来たとき、いつもと様子が違ったよね。何か悩み事でもあるのか心配だったんだよ」

「育子さん。やっぱりそう思いましたか。実は、あの日、あるお客さんの家で、見ちゃったんです」

「何を?」

麻美が聞いた。

「女の人の裸」

「やだ〜!」

麻美が二歩、三歩、孝夫から遠ざかった。

「どういうことか話してごらんよ」

育子に言われて孝夫は誰とは言わず、ある客の家で偶然バスタオルが落ちて女の人の全裸を見てしまった話をした。

「孝夫さん。マジか! 俺も信用金庫の集金でお客さんの家に行くからさ。パジャマなのか下着なのか分からない女の人が出てくることはたまにあるけど、全裸はないわ。ないない」

「ちょっと待って。でもそれって孝夫さんが悪いわけじゃないわよね。バスタオルだけで玄関を開けた女の人のせいでしょ」

麻美が二歩、三歩、今度は近づいてきた。

「そうだよ。それに、僕もあのマンションには集金で行くから知っているけど、まず一階でインターフォンを鳴らしますよね。それから最上階にエレベーターで上がってからなら何か着る時間もあるはずですよ」

本来なら一階で鳴らすはずだった。だがうっかりその部屋だけインターフォンを押し忘れてしまったのだ。

「僕が一階で鳴らすのを忘れて中に入ってしまったからいけないんです。会社のマニュアルでは一階で鳴らしてからそれぞれの部屋の前でもう一度って書いてあるので」

「その帰りのエレベーターでズボンのチャックが開いていたのを見られたんだね」

育子が言った。

「そうなんです。動揺しているときにそんなこと言われて余計にパニックになって怪しい人に見えたんだと思います」

「うちに配達に来る配送業者さんはどこも身なりはしっかりしているよ。孝夫さんの会社も服装に関しては厳しいんだろう?」

「はい。自分の確認ミスでした。ロッカーには毎朝自分でチェックしてレ点を付けるようになっているんですが、いつものことなので油断してしまいまして」

孝夫は朝の服装点検を適当にしていたことを悔やんだ。

「そういえば、このお店の厨房にもチェックリストがありますよね。育子さん」

麻美が言った。

「そうだよ。開店前に入口やトイレの掃除をしたかとか、髪の毛や爪の衛生チェック。それに店を閉める前はゴミ捨てや火の始末は出来ているかってね」

「育子さんのように長くお店を続けている方でもですか?」

驚いて孝夫が言った。

「長く続けているからこそ、なんじゃない」

「どういうことですか?」

「人間誰だって長くやっていると適当に済ませてしまったり、一度ぐらいやらなくてもいいかなって思う気持ちがでてくるよね」

「はい。まさに、この間の僕がそうでした。一階でインターフォンを鳴らすのを忘れて、また一階に降りてマンションの入口に戻るのは面倒だから、まあ一度ぐらいはいいかと思ったり、服装チェックもなんの意味があるんだろうってちゃんとやらなかった」

「そうだね。その結果がどうだった？」

「下着泥棒の疑いをかけられて、もしかしたら警察に突き出されていたかもしれません」

「実際にやったわけじゃないから捕まることはないと思うけど、ここ数日は仕事に集中できなかったんじゃない？」

「はい。仕事もプライベートも」

「まあ、今回は大事に至らなくてよかったよ。大きな事故や失敗をする前に神様が気づかせてくれたんだね」

「そうですね。きっとそうに違いありません」

「さあ、美味しいもの食べて元気だしてよ。今日はメンチカツなんてどう？」

「いいですね。メンチカツ。久しぶりです」

「僕もそれください。コロッケもいいですけど、メンチカツの方が肉がたくさん入って元気がでそうだ」

宏も注文した。

「宏さん。本当に一杯ご馳走させてください」

「いいんですか？」

「こういうときはありがたくご馳走になっておいた方がいいですよ」

麻美が言った。

「それじゃあ、孝夫さんがいつも飲んでいるレモンサワーをもらおうかな」

「はーい。孝夫さんもレモンサワーですね」

麻美が早速運んできた。

「それでは、乾杯」

宏の掛け声で二人はグラスを合わせてグビグビ飲んだ。

「宏さん、この間の女の人って彼女さんですか？」

「恵美ちゃんのこと？　うん。そうだよ。同じ信用金庫で働いているんだ」

「いいですね」

「孝夫さんはいないの？」

「残念ながら。お二人は結婚のご予定とかあるんですか？」

「それなんだよね。俺はそろそろかなって思っているんだけどさ」

「プロポーズは？」

「まだだよ。今年中には出来たらいいなって思っているんだ」

「はい。できましたよ。メンチカツ。揚げたてだから熱々だよ」

育子がキャベツの千切りの横にまん丸のメンチカツが二つのった皿を運んできた。

「うわっ！　美味そう」

早速孝夫がソースをかけてメンチカツにかぶりついた。

「熱い！　すごい肉汁だ」

口の中を冷まそうと慌ててレモンサワーを流し込む。

「ハフハフ……。肉がたっぷり入っていてものすごくジューシー」

宏もレモンサワーを飲む。

「メンチカツとレモンサワーって最高の組み合わせですね。メンチカツの油をレモンサワーがさっぱりさせてくれて、いくらでも食べられそう」

「孝夫さん。もう一杯飲みますよね。次の一杯は僕におごらせてください」

「え？　そうですか？」

「はい。いろいろお疲れ様でしたの一杯ってことで」

「それじゃあ、遠慮なくいただきます」

「麻美ちゃん。レモンサワー二つ。これは僕の方に付けといてね」

宏が大きな声で注文した。

ギョーザ屋の敏明

「おいおい、二位かよ～」

テレビのニュース番組を見ていた敏明《としあき》が思わず嘆き声をあげた。

静浜市はギョーザの街と言われている。

総務省が発表する家計調査で、ギョーザの一世帯当たりの購入額が全国一位だからだ。ところが今回の発表では三千七百二十八円で二位となり、これまで三位だった九州地方の市が四千百八十四円で一位に躍り出た。

この調査は都道府県庁所在地と政令市で行われる家計調査で、生ギョーザと焼きギョーザの持ち帰りが対象だ。外食と冷凍食品は含まない。

伊藤敏明《いとうとしあき》は五年前から脱サラして持ち帰りギョーザの専門店を営んでいる。もともと敏明の母親が総菜屋をやっていたのだが、八年前に脳梗塞で倒れてそのまま亡くなってしまった。

当時敏明は五十歳。父親も既に亡くなっていたし、一度も結婚したことがなく、一人暮らしになってしまった。大学を卒業してからずっと中堅の自動車部品会社に勤めていたのだが、このままだと出世することもなく終わりそうだ。会社で早期退職優遇制度があるのを知って潔く会社を辞めてしまった。

そこで始めたのが持ち帰りギョーザの専門店だ。

サラリーマンだったころ恋人もいなかった敏明の休みの日の唯一の楽しみは、ギョーザの食べ歩きだった。ギョーザならどの店もだいたいが一人前千円以下で食べられる。酒もそんなに強いほうではないから瓶ビール一本もあれば十分だ。食べ終わって家に帰ると、店で食べたギョーザの感想や店ごとの違いなどをノートにまとめた。そして美味しかった店の味を再現しようと家で作ってみたり、自分なりに工夫を重ねたりしてきた。当時元気だった母親は息子の作ったギョーザを喜んで食べてくれた。でも、もう食べてくれる家族はいない。

母親がやっていた総菜屋を少し改造して「餃子のトシ」を始めた。

ちょうどそのころから静浜市はギョーザで有名になった。敏明には運があったのかもしれない。一世帯当たりのギョーザの購入額で全国一位が続いて話題になったり、静浜ギョーザ祭りが開かれて全国からギョーザ好きな人たちが訪れた。おかげでご近所だけでなく全国発送なども手掛けて滑り出しは上々だった。

ギョーザの街として有名になったのはいいのだが、ここ数年でギョーザ屋が増えた。敏明のような持ち帰りギョーザ専門店だけでなく、中華料理屋でもテイクアウトの店が増えたのでライバル店はどんどん増えていく。今月も赤字だ。

「こんにちは。だんだん暑くなってきたね。ギョーザ三十個ちょうだい」

「生ギョーザ？　それとも冷凍のほう？」

「今晩食べるから生ギョーザで」

近所の花屋の奥さんが買いに来てくれた。

「はい。千五十円ね」

敏明の店のギョーザは十個で税込み三百五十円だ。生も冷凍も同じ値段で売っている。

静浜市のギョーザの特徴は、円型状に並べて焼かれ、ギョーザの中央に茹でたモヤシが添えられていることだ。茹でもやしと一緒に食べることで、口の中がさっぱりしていくらでも食べられる。

「今からもやしを買いにいくの。ハイパーで今日はもやしが十円なんだって」

「もやしの特売でうちのギョーザを思い出してもらえるなんて嬉しいね」

「そういうお客さん、結構いるんじゃない？　まあ、もやしは安くてもギョーザだとビールをたくさん飲んじゃうから、酒代は高くついちゃうのよね」

もう少し仕込んでおいた方がいいかもしれないと、敏明は冷蔵庫に寝かせておいた餡を出してギョーザを包み始めた。

敏明のギョーザには地元産のキャベツと玉ねぎがたっぷり入っている。野菜多めであっさりした中に豚肉のコクが加わってたくさん食べてももたれない。それに小ぶりでぐどくないので子どもや年寄りにも食べやすいとよく言われる。

「焼いてあるギョーザあります?」

若い男性が店を覗いて尋ねてきた。

「すいません。うちは生か冷凍しかやってなくて」

「そうですか」

残念そうな顔をして出ていった。

モヤシの特売のおかげか、その後数人の客が買いに来たが、なかには先ほどのように焼きギョーザがないと分かると買わずに帰ってしまう客もいた。

もう一人雇えば焼きギョーザも売れるが資金的にそんな余裕はない。

敏明は六時半を過ぎると少しずつ店の片付けを始め、いつものように七時には店を閉めた。そして店と同じ敷地内にある自宅に戻ると簡単な夕飯を作る。

店のギョーザの味のチェックもしなければいけないので、週に一度は自分で焼いて食べる。そうでない日は肉や野菜を炒めたり、近くのハイパーで惣菜を買ってきて食べたりする。昨日は暑かったので簡単にそうめんだけで済ませた。

あと二年で還暦だ。病気をしても看病をしてくれる人がいない。毎晩そうめんでは栄養が偏ってしまう。こんな日は「くるくる」だな。

敏明は家から歩いて五分ほどの「おばんざい屋　くるくる」に出掛けることにした。

「育ちゃん。こんばんは」

敏明と店主の育子は、小学生のころからの幼なじみだ。

母親が亡くなったとき、突然のことでどうしていいのか分からなかった敏明に代わって、育子が通夜や葬式で弔問客の相手をしてくれた。礼を言うと独り者どうしだからお互い様だと言う。

それ以来、週に一度か二度、夕飯を食べにいっている。

「敏《とし》さん。いらっしゃい」

厨房から育子が出てきた。

「はい、おしぼり」

「冷えていて気持ちがいいね」

敏明がおしぼりで手を拭いて首筋の汗をぬぐった。

「まだこれから八月だって言うのにね」

「ビールもらおうかな」

「敏さんは生じゃなくて瓶ビール派だったわね。麻美ちゃん、中瓶一本持ってきて」

麻美が瓶ビールとお通しのコンニャクのピリ辛煮を運んできた。

「コンニャクをいつ食べるか俺に聞いてくれるかい?」

「何を言ってるんですか?」

「コンニャク　いつ食べるの?　今夜食う。コンニャ食う」

「敏さん。そんなこと言ってるとビールの炭酸抜けちゃうわよ」

育子が言うと、麻美も苦笑しながら瓶ビールを持ち上げた。

「はい。どうぞ」

どんなに忙しくてもこの店はサービスで一杯目は注いでくれる。

「麻美ちゃん。ありがとう」

敏明は一気に飲みほした。

「ああ、美味いね」

「若くてかわいい麻美ちゃんが注いだからじゃない?」

育子が笑いながら二杯目を注いでくれた。

「それもあるかもしれないけどさ、俺、いつも一人だろ。朝のコーヒーも、昼間のお茶も自分で淹れて自分で飲んで。だからこうやってお酌してもらえるのってありがたくてより美味しく感じるんだと思うよ」

「わかるわかる。私もいつも料理を作って出してばかりだから、たまに賄いを麻美ちゃんが作ってくれるとすごく嬉しいもの」

「へえ。麻美ちゃん、賄いを作れるようになったんだ」

「残り物の野菜でチャーハンぐらいですけど」

恥ずかしそうに麻美が微笑んだ。

「敏さん、今日は何食べる？」

「家だとギョーザはもちろんだけど、肉を焼いたり麺類とかが多くてね」

「それじゃあ野菜や魚がいいね。チンゲン菜と海老の中華炒めなんてどう？」

「うん。ビールに合いそうだ」

「最後はご飯も食べるでしょ。今日はいい太刀魚が入ったからご飯のおかずには塩焼きか煮つけがお薦めだね」

「それなら煮つけで頼むよ。一人暮らしで魚の煮つけなんて俺、絶対やらないからさ」

「はい。じゃあ、ちょっと待っててね」

育子が厨房に入っていった
今日はモヤシの特売のおかげでまずまずの売り上げだったが、昨日は開店休業状態だった。焼きギョーザも売った方がいいのかな？　悩みながら敏明はビールを飲んだ。

「チンゲン菜と海老の中華炒めです」

麻美が湯気のたつ皿を敏明の前に置いた。チンゲン菜の緑と海老のピンクがきれいだ。

「君が作ったの？」

「いえいえ。炒めものって簡単そうですけど、火の入れ具合が難しくて。私が作るとベチャベチャしちゃうんです」

中華風の塩だれで炒めてあって、千切り生姜がいいアクセントだ。チンゲン菜はシャキシャキしていて、海老はプリっとしている。

「お待ちどうさま。こちらもできましたよ」

育子がふっくらした太刀魚の煮つけを運んできた。甘辛い煮汁がよく沁みているようだ。白髪ねぎが添えられている。

「育ちゃん。ご飯もね」

「はいはい。今、ご飯とお味噌汁持ってくね」

煮汁をたっぷり付けてまずは一口食べてみた。身がホクホクしている。淡泊な白身に少し甘めの煮汁が絡んで美味い。白いご飯にワンバウンドさせて食べた。煮汁だけでご飯一杯食べられそうだ。もう一杯ご飯をお代わりして最後にお茶をもらった。

「昼間にお店の前を通って声を掛けようかと思ったら、お客さんがいたからやめといたのよ。商売繁盛何よりね」

「育ちゃん、たまたまだよ。今日はハイパーでモヤシが特売だったから、それでギョーザを買いに来てくれたお客さんが何人かいたけど、昨日なんて閑古鳥が鳴いてたよ」

「そうなの？　敏さんのギョーザは野菜がたくさん入っていて美味しいって評判じゃない」

「それはありがたいけどさ。どんなに美味しくてもギョーザって毎晩食べるものでもないし」

「確かに」

「それに、最近はギョーザの店が増えているからライバル多しで大変だよ」

「そんな話してたらギョーザ食べたくなっちゃった」

「売るほどあるから持ってくよ。いつも良くしてもらっているお礼にね。昼の休憩のときでいいかな」

「それなら焼いて持ってきて。すぐ食べたいから」

「ごめん、ごめん。うちのギョーザは生と冷凍しか売ってないんだ」

「あら、そうだっけ？」

「俺、一人でやってるだろ。売るだけならいいんだけど、焼くとなるとお客さんを待たせちゃうしね」

「それもそうね」

「今日も焼きギョーザないですかっていうお客さんが来たけど、ないって言ったら帰っちゃったよ」

「残念」

「好きなことを仕事にしたっていうとみんなに羨ましがられるけど、実際のところは退職金を切り崩しながらの自転車操業だよ」

「そんなにしょぼくれないの。明日ランチが終わったらギョーザを買いにいくから美味しく仕込んでおいてよ」

「買ってくれるの？　嬉しいね」

「当たり前でしょ。麻美ちゃんもギョーザ好きだから明日の賄いにさせてもらうわ」

「毎度あり」

笑顔を取り戻して敏明は帰っていった。

「敏さん。ギョーザ買いに来たよ」

翌日、ランチの営業が終わって育子が買いに来た。

「私も一緒に来ちゃった」

夫婦で家庭的なレストランをやっている沢田陽子《さわだようこ》だ。柴犬を連れている。

「育ちゃん。本当に来てくれたんだ。陽子さんもありがとね」

「コタローの散歩してたら育子さんに誘われたの」

肉の臭いがするのか犬がソワソワしている。

「レストラン沢田みたいに高級料理じゃないけどいいの？」

「何言ってるのよ。敏さん」

「今日はお客さんどう？」

育子が聞いた。

「二人が今日の最初のお客さんだよ」

敏明が困り顔で言った。

「本当に？」

「うん。昨日はモヤシのおかげでまずまずの売れ行きだったから、今日はその反動で全然ダメだよ」

「二十個もらおうかしら。このあと麻美ちゃんと賄いで食べるから生ギョーザの方でいいよ」

「はい。七百円ね」

「焼き方は？　お水を入れるんだよね」

「そうそう。焼き方を書いたメモが付いているからこの通り焼けば美味しくできるよ」

「それはありがたいわ」

「じゃあ、うちも二十個」

陽子も言った。

「ご主人が上手に焼いてくれるね」

「そうね。普段はハンバーグばっかり焼いてるから、いい気分転換になるじゃない？」

「よろしく伝えといて」

「はーい。コタロー帰るよ」

陽子がリードを引っぱった。

「早速帰って食べるね」

育子も足早に帰っていった。


「育ちゃん、この間はありがとう」

一週間後、敏明が「くるくる」の暖簾をくぐった。

「敏さん、こんばんは。美味しかったわ〜。キャベツがたくさん入っていてあっさりしていて、それに甘味もあったわ」

「玉ねぎも入っているからね」

「陽子さんもとっても美味しかったたって」

「良かったよ。ご主人が上手に焼いてくれたんだろうね。シェフだから」

「うちは麻美ちゃんが焼いてくれたのよ」

「へえ～。麻美ちゃん。上手に焼けた？」

「はい。焼き方を書いたメモが付いていたので、その通りにやっただけで美味しく出来ました。油をしいたフライパンに円形に並べて、お水を入れて蓋をして。最後にごま油を加えて」

「そうかそうか。よかった」

「それに、お水に小麦粉を溶いて入れると羽根つきギョーザが簡単に出来るんですね」

「そうなんだよ」

「羽根つきはお店でしか食べられないものかと思っていたんで感動です」

「意外と簡単に焼けるだろ。あっ、瓶ビールね」

「はい。すぐに」

ビールを一口飲むと珍しく育子が敏明の向かいの椅子に座ってきた。

「敏さん。私、思いついちゃったんだけど」

「なんだい？」

「このお店で敏さんのギョーザを仕入れてメニューに加えるっていうのはどうかしら？」

「え？　育ちゃんのお店で？」

「そうそう。それで、昼間の定食メニューにギョーザ定食を加えたり、夜の単品メニューで出そうかなって」

「うちのギョーザでいいのかい？」

「もちろんよ。だって美味しいもん」

「確か、ランチメニューは、唐揚げとかハンバーグ、生姜焼き、アジフライの定食だったよね」

「そう。あと、コロッケ定食もあるんだけど、ジャガイモを蒸かすところから手作りだから仕込みに手間がかかるのよ」

「うん。俺も食べたことがある。美味いよね」

「お客様が飽きないようにメニューは増やしたいけど、仕込みの時間が足りなくてね」

「そりゃそうだよ。朝定食もランチもやって、夜も営業してるもんね」

「それでね、『餃子のトシ』で仕入れることが出来れば仕込みはしなくていいし、麻美ちゃんも上手に焼けるし」

「それもそうだね。あとはモヤシを茹でるぐらいだ」

「お値段も良心的だからいいかなって」

「たくさん仕入れてくれるならもちろん勉強させてもらうよ」

「早速来月からメニューに入れようかしら」

「育ちゃん。俺も思いついちゃった」

「何？」

「うちの店に貼り紙して、焼きギョーザのお客さんには『くるくる』で食べられますって宣伝してもいいかい？」

「そうなの？　こちらも嬉しいわ」

「育ちゃん。ありがとう」

「商談成立だね」


翌日から育子と麻美の賄いはギョーザになった。手際よく美味しく焼けるように麻美の特訓が必要だったからだ。また、焼いたギョーザを毎回敏明に届けて食べてもらった。

敏明の書いたマニュアル通りに水の量や焼く時間を守れば一見美味しそうに出来上がる。

ただ、微妙な火加減や最後に入れるごま油の量にばらつきがあると、焦げてしまったり、油っぽくなってしまう。麻美は毎日何度もギョーザを焼き、敏明のところに持っていってはアドバイスをもらい、日に日に腕を上げていった。

「麻美ちゃん。そろそろあっさりしたものが食べたくなったよ」

この日も昼営業の後で、育子と麻美は賄いのギョーザを食べた。焼きたてを敏明の店に届けて後で感想を聞きに行くことになっている。育子が珍しく弱音を吐いていると敏明が「くるくる」にやってきた。

「麻美ちゃん。随分腕を上げたね。焼き目も美味しそうだし、食感もいい。」

「敏さん、それって」

「うん。明日からでもいいんじゃないかな?」

敏明の合格をもらったところで「くるくる」の昼のメニューにギョーザ定食が加わった。

「新メニューが出るっていうから今日は昼休みが待ち遠しかったです」

ランチによく来る竹中文具《たけなかぶんぐ》の社員たちがやってきた。

竹中文具は静浜駅の近くに自社ビルがある老舗文具メーカーだ。使いやすいだけでなく、デザイン性の高い文房具や、企業のマスコットキャラクターなどを作っている。

「新田《にった》さん。今日はいつもの鯵フライ定食じゃなくていいんですか?」

「鯵フライも捨てがたいけどさ、やっぱ今日はギョーザ定食でしょ。高木《たかぎ》君は？」

「僕ももちろんギョーザ定食です。すいませんギョーザ定食二つ」

「はい。ギョーザ定食二つですね」

麻美が張り切って厨房に入っていった。

「新田さん、高木さん、早速ありがとう」

育子が水とおしぼりを運んできた。

「夜もギョーザあるんですよね」

高木が聞いた。

「もちろん。単品メニューで夜は食べられるわよ。ビールに合うから夜も頼んでね」

「県外の取引先と明後日、打ち合わせがありまして、その後、新幹線に乗る時間まで軽く飲んで静浜市の名物を食べて帰りたいと言われていたんです。静浜はギョーザの街で全国に名が知れていますからね。ここならきっと喜んでもらえると思います」

「高木君。ギョーザのお陰で仕事も上手くいきそうだね」

「はい。まかせてください」

高木がドンと胸を叩いた。

「お待たせしました。ギョーザ定食です」

麻美が運んできた。

丸い器に円形に並べられた焼きギョーザが八個のっている。真ん中には茹でモヤシ。

小鉢はオクラの梅おかか和え、ご飯とミョウガの味噌汁にたくわんが付いて七百円だ。

「うわ～！　すっごく美味そう」

「焼きたてだから熱いですよ。気をつけて食べてくださいね」

「え？　麻美ちゃんが焼いたの？」

「そうです」

「このギョーザを作っている敏さんから合格をもらっているから美味しいに違いないよ」

育子が自慢げに言った。

「いただきます」

高木が一つ丸ごと頬張った。

「熱い！　美味い！」

「俺も食べるぞ」

新田も一口食べて
「本当だ。美味しい！　野菜がたくさん入っているけど肉のパンチもあって美味い」

「新田さん。ビール飲みたくなっちゃいますね」

「仕事中で飲めないのが酷だよな。まあ、それは次のお楽しみにとっておこう」

「それにしても、この近くにこんな美味しいギョーザの持ち帰りの店があったなんて知らなかったな」

「ここから歩いて五分ぐらいのところにある『餃子のトシ』ってお店だよ」

「育子さんのお知り合いなんですか？」

新田が聞いた。

「幼なじみなのよ」

「今度はその店に買いに行って自分で焼いてみようかな。五十個は食べられる自信ある」

高木が言った。

「確か夜の七時までやってたと思うから行ってみれば？」

「七時かぁ。仕事がそれまでに終わるかな？」

「サラリーマンもなかなか大変ね」

「営業から帰って資料をまとめているとすぐに七時を過ぎちゃうんですよ。それにしてもこのギョーザ、美味いですね。ご飯にも合う。お代わりください」

高木がご飯のお代わりをした。

「育ちゃん。どう？　ギョーザ定食注文入ったかな？」

その日のランチ営業が終わって育子が暖簾を閉まっていると、早速敏明がやってきた。

「敏さん。大成功よ。今日来たお客さんの八割はギョーザ定食を注文したの」

「そんなに？　嬉しいね」

「久しぶりの新メニューで常連さんたちも喜んでくれたみたい」

「味はどうだって？」

「もちろん美味しいって言ってくれたわよ」

「そうか。まあ、初日だからな。美味しかったらまた食べてくれるだろうから、そういうお客さんが増えることを祈るよ」

「大丈夫よ。麻美ちゃんも張り切って焼いてくれているし」

「今度麻美ちゃんにケーキでも買っていかないとな」

「それはそれで喜ぶと思うけど。でも、すごく生き生きしていて私も見ていて嬉しいんだ。だって初めて会ったときは、まるで捨てられた子犬みたいでさ。ほっとけなくて」

「確か、ルージュっていうキャバクラで働いていたんだよね」

「そう。家にもあまり帰っていなかったみたいでね」

「ギョーザを焼いて何度か俺のところに届けてくれただろう。そのときに自分から話してくれたよ。中学生のときに母親が家を出て行って、それから父親ともうまくいかず、キャバクラで働いて、やっと好きな人が出来たと思ったら二股かけられてたって」

「そんな子ほっとけないだろ」

「わかるよ。どうやら麻美ちゃんの父親と俺と同じくらいの歳みたいでさ」

「それなら私ともおない年ってことじゃないか。よく娘と間違えられるけど、そりゃそうだよね」

「夜も頑張って娘にギョーザ焼いてもらわないとだな」

「娘って。父親気分だね。また食べにきてやってね。お父さん。」

「もちろん」


昼も夜もギョーザメニューは好評だった。敏明のギョーザはあっさりしていて食べやすいので一皿では足らず、昼の定食メニューでも追加で頼む客が増えていった。

当然ギョーザの仕入れも多くなる。

「敏さん。ギョーザ二百個。明日までにお願い」

ある日、麻美がギョーザを買いに行くと、いつもは店頭に立っている敏明が奥の椅子に座って腰をさすっていた。

「敏さん、どうしたんですか？」

「麻美ちゃん。大丈夫だよ。ちょっと腰をやっちまってね。先ほど痛み止めを飲んだから、しばらくしたら効いてくるよ」

「働きすぎじゃないですか？」

「そんなことはないと思うけど、歳のせいかな。二百個ね。仕込んであるからそこの冷蔵庫から持っていってよ。お金は月末にまとめて請求するから」

「あんまり無理しちゃダメですよ」

「はいはい。大したことないから気にするなって」

心配そうに見ている麻美に敏明は笑って言った。


「そうかい。それでここのところうちの店にも食べにきていなかったんだね」

麻美から敏明の話を聞いて育子が言った。

「私がお客さんに宣伝し過ぎたから、敏さん、そのせいで忙しくなっちゃったのかな」

「宣伝してもらって喜んでいたよ。麻美ちゃんのこと娘みたいに思ってくれてるしね」

「私も敏さんを見ていると自分の父親のことを思い出すんですよね。お母さんが男の人と家を出て行ったとき、私は中学生で思春期の真っただ中だったから、お母さんのことも憎んだけど、大人みんなが信じられなくて、お父さんとも喋らなくなったんです」

「まあ、年頃の娘と父親じゃあね」

「それでお父さん、休みの日も私と顔を合わせづらいのかパチンコに入りびたりになって」

「そうだったんだ」

「敏さん。大丈夫かな」

「明日にでも様子を見に行ってくるよ」

育子は麻美の肩を優しく叩いた。


翌日のランチの後で育子は敏明の店を訪ねた。

「こんにちは。育子です」

「餃子のトシ」の店には臨時休業の貼り紙がしてあったので、育子は敏明の家の玄関の方にまわってみた。

「育ちゃん。心配かけて悪いね」

腰を庇うように出てきたが、顔色はそんなに悪くない。

「とりあえず何か食べないと元気がでないでしょ。おにぎりとお漬物だけど。どうぞ」

「ありがとう。助かるよ。先ほど隣町の小山整形《こやませいけい》に行ってレントゲンを撮って診てもらってきたよ」

「どうだって？」

「特に骨に異常はなかったよ。ただ毎日腰を曲げてギョーザを包んでいるから、その姿勢がよくなかったのかもしれないって」

「それで？」

「うん。今日は休みにしたけど明日からまたいつも通りに店を開けるよ」

「でも、また腰が痛くなるんじゃない？」

「うーん。どうかな。先生からちゃんと休憩をとってストレッチをするように言われたよ。これからは朝から晩まで通し営業をやめて、昼に一度店を閉めるか、営業時間を短くするか」

「悩んでるんだ」

「そりゃ悩むよ。だって一人でやっているからさ。店を閉めているときに、たくさんお客さんが来るかもしれないって考えちゃうんだよ」

「すごく分かる。商売やってるとどうしても欲張っちゃうもんだよね」

「とりあえずは大丈夫だから麻美ちゃんによろしく言っておいてよ」

「そうね。かなり心配していたから、ちゃんと言っておくね」

「こんばんは」

ある晩、竹中文具の高木がやってきた。

「あら、いらっしゃいませ。」

「この間、打ち合わせの後でギョーザを食べた取引先の方が、またこちらのギョーザを食べたいってことでお連れしたんです」

「それは嬉しいわ」

「こんばんは。私、自動販売機を取り扱っている会社の宮前《みやまえ》と言います」

「まあまあ、お掛けください」

「実はね、育子さん、竹中文具の商品が自動販売機で売られることになるんですよ」

「え？　あのジュースとかコーヒーみたいに？」

「そうそう。もちろんコンビニがあるから、今では二十四時間鉛筆も消しゴムも買えるんですけどね。小学校で突然明日コンパスとか分度器持ってきてとか言われて、うっかり忘れることとありますよね」

「あー。分かる。私も子どものころ当日の朝になって思い出して焦ったことあります」

麻美が言った。

「そうなんですよ。それで小学校や中学校の近くに文房具専門の自動販売機を置くことになったんです」

「高木さんの発案なのかい？」

「そうです。会社で販路拡大についての企画を出せと言われて考えたんですよ。忘れ物が多い子どもだったので、その経験がこうやって活かされる日がやってきました」

胸を張って高木が答えた。

「私の会社は普通の飲料などもやっているんですが、品物に応じて特徴のある自動販売機で対応するというのも売りでして」

宮前が育子に名刺を差し出した。

「宮前産業株式会社《みやまえさんぎょう》って。社長さん？」

「いえいえ。私はその息子です。まだまだ修行中ですが新しいことに挑戦してみろと親父から言われて、これまでにない自動販売機を作りたいと思っているんです」

「それで、今回はどんな自動販売機ですか」

麻美が興味深々に聞いてきた。

「はい。アニメ会社とコラボして、外観はキャラクターのイラストが描かれた自販機にして、購入金額を声優さんの声で言ってもらうという仕掛けなんです」

「それに加えて、僕の提案で、アニメの声でテスト頑張ってねとか、忘れ物はないかなとか最後に一言もらえる自販機にしてもらえることになりました」

「高木さん。すごいじゃないか」

「私も買いに行きたくなっちゃう」

「そう言ってもらえて嬉しいです。宮前さん、今日もやっぱりギョーザですよね」

「はい。あの味が忘れられなくて、本当は電話で済ませられる打ち合わせだったんですが、来ちゃいました。親父には内緒ですよ」

「了解ですよ。あ、でも、自動販売機が置かれた日には社長さんといらしてください」

「そうですね」

「じゃあ、ギョーザ二人前ね。それからお飲み物は?」

「ビール」

高木と宮前が口を揃えて言った。

「育子さん」

その晩、暖簾を閉まって片付けをしていると、珍しく麻美が真剣な顔をして育子に話しかけてきた。

「敏さんのギョーザのことなんですが」

「どうしたんだい？」

「文房具の自動販売機があるならギョーザの自動販売機があってもいいですよね」

「たしか、観光地とか駅前にはあるって聞いたことはあるけど」

「敏さんの店の前に置けば、腰が痛いときにお店を休んでも自販機で買ってもらえるし、二十四時間だから夜でも買えて仕事で遅くなった人も買えるじゃないですか」

「それもそうだね。でも個人の店だからそんな需要があるのかな」

「今日来てくれた宮前さんに頼んで、特徴のある自動販売機を作ってもらうというのはどうでしょうか？」

「特徴って？」

「例えばですが、野菜たっぷりでヘルシーだよとか、美味しく焼けますようにって声を入れてもらったりして」

「それ、面白いかも」

「当たりが出ればもうワンパックプレゼントとかは？」

「いいじゃん、いいじゃん。明日早速、敏さんに話してみよう」

「自動販売機？」

育子が早速、敏明にギョーザの自動販売機の話をした。

「考えたこともなかったよ」

「そうでしょ〜。たまたまお客さんの話から麻美ちゃんが思いついてね」

「最近、育ちゃんの店のお陰で、うちの店に直接買いにきてくれるお客さんも増えてきたんだ」

「そうなんだね。じゃあ余計にギョーザをたくさん仕込まないといけないね」

「うん。本当にありがたいことだよ。でも一人だと休憩もなかなかとれないだろ」

「そうだね。誰か雇う方法もあるけど」

「いつまで流行るか分からないし、たくさん時給は出せないからこんな店に来てくれる人もいないよ」

「そんなこともないと思うけど」

「そんなときに自動販売機って。こりゃ、名案かもしれない」

「話だけでも聞いてみるかい？」

「そうだね。育ちゃん、頼むよ」

育子が竹中文具の高木に電話をして宮前産業のことを聞いてみると、見積りだけなら無料でやってくれるという。翌週、竹中文具に来るとのことなので、その帰りに敏明の店に寄ってもらうように伝えておいた。

その後、順調に話は進んでギョーザの自動販売機が敏明の店の敷地の駐車場に置かれることになった。だが、ここ二週間ほどはギョーザの仕込みや自動販売機の最後のツメの打ち合わせで忙しく、敏明は「くるくる」に顔を出す時間もなく過ぎていった。

「育ちゃん、麻美ちゃん。昼飯を食べに来たよ」

昼の一時を過ぎて、ランチの客足が引いたころ敏明が「くるくる」に現れた。

「いらっしゃいませ。こんな時間に珍しいですね」

麻美が水とおしぼりを持ってきた。

「敏さん。お店はいいの？　お昼の休憩中？」

育子も不思議そうな顔で奥から出てきた。

「何を言っているんだい。二人のお陰で例のものがうちにはあるからさ？」

敏明がもったいぶって言う。

「例のものって何だい？」

「おいおい。育ちゃん。この間、宮前さんに頼んでくれただろう?」

「あっ、ギョーザの自動販売機ですね!」

麻美が嬉しそうに叫んだ。

「そうなんだよ。急ピッチで仕上げてくれて、一昨日設置してもらったんだ」

「おめでとうございます」

「ありがとう。麻美ちゃん。美味しそうなギョーザのイラストが描かれていて目立つようにしてもらったよ」

「敏さん、水くさいね。一昨日でも昨日でも祝杯上げに来てくれればよかったのに」

「もちろんそうしたかったんだけどさ。初めてのことだから、ちゃんと動くか心配だったり、買いに来てくれる人がいるのか気になって店の小窓からズッと見ていたんだよ」

「二十四時間ですか?」

「うーん。二十時間ぐらいは見てたかな?」

「それでどうだったの?」

「うん。近所の主婦たちがもの珍しそうに見に来て買っていってくれたり、遅い時間もサラリーマンぽいスーツの男の人が何人か買ってってくれた」

「良かったじゃないか」

「店が開いていれば常連さんはそちらで買ってくれるけど、初めての人とか若い人は、もしかしたら手早く済むから自販機のほうがいいのかもしれないな」

「それもあるかもね」

「何か喋る自販機にしたんですか？」

麻美はそこが気になるようだ。

「星座占いにしたんだ」

「なんですか？　それ」

「品物が出てくると、自販機が喋るんだよ。今日のラッキー星座はギョー座です。ギョーザを食べるといいことがあるでしょうって」

育子と麻美は顔を見合わせた。

「お客さんの反応は？」

「それ？　聞くかい？　まあ、俺のオヤジギャグのセンスはこんなもんだ」

「敏さんらしくていいわね」

「だろう。そんなわけで、俺も心置きなく昼休憩を取れることになったよ」

「それで、何を食べるの？」

「決まってるだろ。ギョーザ定食」

ストッキング工場の義男

また生足《なまあし》かよ。

前を歩く若い女性を見て朝から義男《よしお》はため息をついた。その前を歩く女性も、横に一緒にいる女性もみんな素足にサンダルを履いている。

今年はとくに残暑がきつくて、脚にピタッと纏わりつくストッキングなんて履いたら余計暑くなってしまうだろう。

坂田義男《さかたよしお》は玉井《たまい》製作というストッキング工場に勤めている。腰からつま先までを覆うパンティストッキングを製造している。

十年ほど前までは工場に活気があった。今日のような暑い日でも多くの女性がストッキングを履いていた。ＯＬは仕事のときは制服にストッキング着用という会社が多かったので、とにかくよく売れた。当時は今ほど丈夫に出来ていなかったので、数回履くと伝線して新しく買い足さなければならない。大手メーカーから受注されて生産するのだが、昼間だけでは追い付かず、残業も多かったし、納期前は徹夜で仕事をしたこともあった。

注文に追われ、残業で夜中に帰る日が多くなった。妻の礼子《れいこ》との会話も少なくなり、ある日家に帰ると一人娘の中学生の麻美が泣いていた。

泣きながら麻美が差し出した紙には礼子の字で「新しく人生を歩みたい人ができたのでごめんなさい」とだけ書いてあった。ようするにあまり帰ってこない亭主に代わって好きな男ができて出ていったということだ。

「おはようございます」

静浜駅近くの小さな工場に着いた。事務所の方に行くと社長の玉井がお茶を飲んでいる。社員は社長の玉井《たまい》と妻の美佐枝《みさえ》、それに義男と三十代の今井《いまい》の四人だ。忙しいときはパートを雇う。今は機械の性能も良くなっているので少人数でも足りてしまう。

「坂田さん。おはよう」

「今井君はまだですか?」

いつも朝一番に来ている今井の姿が見えないので聞いてみた。

「今井君なら昨日で辞めたよ」

「えっ、そうなんですか?」

「親戚の会社でちょうど働いてくれる人を探していたみたいでね」

「そんな突然に」

「そうなんだけどね。でもこっちも何も言えないよ」

「なんでですか?」

「だって、ここのところ給料の支払いが遅れているだろう」

「あっ、はい」

「坂田さんにも申し訳ないと思っているんだよ」

「ごめんなさいね」

玉井の妻の美佐枝も出てきた。ここ数年で白髪が増えた気がする。

「最近は受注が激減しちゃってね」

「そうですよね。ストッキングを履いている人、少なくなりましたもんね」

「そういう私も靴下だからね」

美佐枝が寂しく笑った。

「今日は注文来ていますか?」

「少しだけね。私と坂田さんでやれば大丈夫よ」

「俺はもう少し仕事をもらえるようにメーカーに頼みに行ってくるよ」

玉井が困り顔をして出ていった。

「さあ、坂田さん。私たちも始めよう」

あと二年で六十になる。この歳で再就職なんてないだろう。頼むから潰れないでくれよ。

義男は祈るような気持ちで機械を動かし始めた。

「坂田さん。そろそろお昼にするかい?」

一段落して美佐枝が声を掛けた。この日も義男は美佐枝と工場で機械を動かしていた。

玉井は朝から銀行を回ると言って出掛けている。

「はい」

「今日はいつも頼んでいる弁当屋が休みなんだよ。気晴らしに商店街で何か買ってこない?」

「社長は?」

「あの人は夕方まで帰らないわよ。銀行に行くって言いながら、結局融資を断られてお酒飲んで帰ってくるに決まってる」

「分かりました。それじゃあどこに行きます?」

「肴町商店街にレストラン沢田ってあるじゃない?」

「なんだか高級そうですね」

「そうでもないわよ。そこでハンバーガーとポテトフライがお持ち帰りメニューであるって聞いたことがあってね。近所の奥さんが美味しいって言っていたから食べてみたくて」

「たまにはハンバーガーもいいですね」

義男は美佐枝と行ってみることにした。

工場から歩いて十分ほどのところにレストラン沢田はあった。近づくと柴犬が尻尾を振って人懐っこそうに近づいてきた。

「あら、かわいいワンちゃん」

美佐枝が頭を撫でると気持ちよさそうに身体を寄せてくる。

「奥さん、犬好きなんですね」

「そうよ。子どもたちが小さいころはうちも犬を飼っていてね。雑種だったけど」

「そうだったんですか」

「でも、二人とも娘で嫁いじゃったから、その後はね。そんな余裕もないし」

「いらっしゃいませ」

店の入り口とは別に持ち帰り専門の窓口があるらしい。そこから女の人が顔を出した。

レストラン沢田の陽子だ。

「かわいがってくれてありがとうございます。コタローっていうんですよ」

「大人しくてかわいいワンちゃんですね」

「そうですか？　以前に十キロ以上離れたところまで脱走して大騒ぎになって大変でした」

「こちらのハンバーガーとポテトフライが美味しいと聞いて」

「あら、嬉しい。ありがとうございます」

「二セットいただけますか？」

「はい。一セット税込み六百円です。プラス百円でコーヒーか紅茶が付きます」

アイスコーヒーとアイスティーを付けてもらうことにした。

「注文を受けてからハンバーグを焼いて出来立てをお渡ししますので、十分ほどお待ちいただけますか？」

「いいわよね」

「はい」

どうせ急いで帰っても仕事がたくさんあるわけではない。コタローを撫でながら待つことにした。

「ハンバーガーなんて何年ぶりかしら」

「レストランで焼きたてのハンバーグを挟んでもらえるなんて贅沢ですよね」

「実はね、今ではいい歳したおじさんとおばさんだけど、若かりし頃、最初にデートしたときに食べたのがハンバーガーだったのよ」

「そうだったんですか」

「どこのお店か忘れちゃったし、緊張していたから味もよくわからなかったけど」

「社長とまた食べに行けばいいじゃないですか」

「だめだめ。最近はお酒ばっかり飲んでるし。坂田さんはいつも食事はどうしているの？」

「適当ですよ。コンビニで弁当を買ったりするぐらいで自炊はしていません」

「栄養が偏らない？」

「長生きしても仕方ないですから。一人だし」

店の奥からハンバーグの焼けるいい匂いがしてきた。

「おい、陽子、出来たぞ。お客さんにお出しして」

「はい。ポテトも二つちょうど今、揚がったわ」

窓口が開いて陽子が顔を出した。

「お待たせしました」

ハンバーガーとポテトフライが出来上がったようだ。

「このポテトは地元産のジャガイモなんですよ」

「あらそうなの？　まだ温かいわね」

「はい。ポテトも揚げたてです」

「じゃあ急いで帰っていただきますね」

「はい。またよろしくお願いいたします」

キャンとコタローが鳴いた。

「さあ、温かいうちに食べましょう」

事務所でハンバーガーの包みを開いた。ふかふかのバンズに大きなハンバーグが挟まれている。

「分厚いハンバーガーだな」

「口の中に入るかしら」

噛みつくと同時にハンバーグから肉汁が溢れてきた。レタスと玉ねぎのシンプルなハンバーガーだけに肉の旨味を強く感じる。ソースは照り焼き風味だ。

「ポテトも揚げたてって言ってたわね」

食べてみると外側はカリッとしていて中はホクホクしている。

「塩味が絶妙ですね」

「そうね。ケチャップも付いているけど、お塩だけの方がジャガイモの甘みを感じるわ」

食べ終わるころに事務所の入り口が開いて社長の玉井が帰ってきた

「あら、あなた早かったのね」

「早くて悪いのかよ」

「そんなこと言ってないでしょ。あっ、お酒臭い」

「うるさいな。まったくどいつもこいつも」

「銀行はどうだったんですか?」

「静浜信金に行ってきたよ」

「それで」

「これ以上の融資はできないってさ」

「ちょっと、それじゃあ困るじゃない。今月の支払いどうするのよ」

「私は工場で機械を動かしてきます」

その場にいてもどうしようもないので、義男は事務所を出て工場で仕事の続きをすることにした。

数日後、出勤すると玉井と美佐枝が神妙な顔をして話があるという。

「長く働いてもらっている坂田さんには誠に申し訳ないんだが、君も察していると思うが、もうこの工場は崖っぷちなんだ」

「坂田さん。本当にごめんなさい」

「あの、それで」

「辞めてもらえないだろうか？」

「えっ？」

「今月の給料を払うのも難しそうなんだ」

「そんなこと言われても」

「私だってどうしていいか分からないんだ。月末までに材料費の支払いをしなくちゃいけないし、機械のリース代の引き落としもある。その金がないんだ」

「静浜信金さんで、もうこれ以上貸すのは無理って言われたみたいなの」

「いままで通帳を作ってやったり、他の銀行の預金を移してやって協力してきたのに」

「その預金で支払えばいいじゃないですか」

「そんなのとっくに使っちまったよ。もううちの会社は用済みってことなんじゃないか」

投げやりな感じで玉井が言うと美佐枝が泣き出した。

「申し訳ないが今日は帰ってくれ」

「でも、給料がないと」

「坂田さんは一人暮らしだからなんとかなるだろう。俺なんかこいつもいるし、支払いもあるし、融資の返済もしなくちゃいけないし。一人のあんたが羨ましいぐらいだよ」

「あなた、そんな言い方しなくても」

「わかりました」

好きで一人暮らしをしているわけではないと言い返したかったが、そんなことを言ってもどうにもならない。どうしていいのか分からず家に帰ることにした。


家に帰って冷静になろうと水を一杯飲んだ。何か食べようかと冷蔵庫を開けたが缶ビールしか入っていない。

会社はこのままだと倒産するだろう。退職金どころか、今月の給料ももらえない。差し当たって生活する金はあるのだろうか。

義男は通帳を開いて肩を落とした。普通預金に六万円ほど。休みの日の競艇やパチンコで貯金はゼロだ。

なんで俺ばかりこんな目に合わないといけないんだ。礼子が出て行ったのもあいつが勝手に男を作ったからだ。俺が残業で遅くなるのをいいことに逢引を重ねてきたに違いない。

麻美も麻美だ。礼子が出て行ってから俺のことも汚いものを見るような目で見やがって。

どこの男と同棲しているのか知らないが、家を出てキャバクラに勤めていると聞いている。

どうしてこんなことになってしまったんだ。義男は声を上げて泣いた。

差し当たっての仕事を探さなければいけない。翌週、義男はハローワークに行くことにした。

「年齢は?」

「五十八歳です」

「これまでのお仕事はどうされたんですか」

「ご家族は?」

「特技や資格は何かお持ちですか」

どれも嫌な質問ばかりだ。

義男は黙って席を立った。

家に帰ろうと歩いていると犬の鳴き声が聞こえてきた。

「こんにちは」

見ると、この間のレストラン沢田の女の人とコタローとかいう犬だ。

「あ、この間はどうも。美味しかったです」

「この辺りにお勧め？」

そう聞かれてもなんと答えればいいのか分からない。先日クビになりましたとも言えず困っていると、すぐ前に暖簾がかかった店がある。これ幸いと開いていた店に飛び込んだ。

「いらっしゃいませ」

中年の女性がでてきた。

「もうすぐランチだけど、まだ朝定食大丈夫ですよ」

どうやら飲食店に入ってしまったらしい。そんなに高級そうな店でもなさそうだし、朝食を食べてこなかったのでちょうどいいかもしれない。

「お水です」

グラスを置いた若い女がギョッとして義男を見た。

「おっお父さん」

「麻美か」

「ちょっと、やだ。出てってよ」

「麻美ちゃん、なんてこと言うの」

「だって突然来るんだもの」

義男は慌てて店を出た。

「お客さん、待ってください」

後ろから声が聞こえてきたが、構わず義男は店を出た。失業した自分がまさか娘に出くわすとは。一番会いたくないタイミングに顔を合わせてしまった。

この世に神も仏もいないのか。資金繰りが上手くいっていれば俺もクビにはならなかった。クビにした社長の玉井が憎い。その玉井に金を貸さなかった静浜信金も憎い。その静浜信金の通帳にある六万円で俺はこれからどうやって生活すればいいんだ。

家に帰って通帳を改めて見てみたが、その数字は変わらない。次の仕事が見つかるまで、この六万円で食いつながなくてはいけない。財布には千円札が三枚と小銭が少々。義男は大きなため息をついた。

翌日、金を下ろそうと義男は静浜信用金庫肴町支店に向かった。これまで玉井製作からの給料はこの支店の通帳に振り込まれていたし、美佐枝から会社の通帳の記帳を頼まれたりして何度も行っている店だ。時計を見ると二時五十分。三時に窓口が閉まるので、それまでに用を済ませようという客で賑わっていた。三台あるＡＴＭの前には十人ほど並んでいる。義男は最後尾に並んだ。すぐ前に立っている主婦同士が何か話をしている。節約がどうのこうの話しているようだ。

「今、うちがやっている方法はね、小分けにした現金を封筒に入れて節約する方法なの」

「どうやるの？」

「例えば一週間分の食費を一万円以内って決めたら、給料日に一万円を入れた封筒を四枚とか五枚作ってね。余ればご褒美で外食したり、ケーキを買ったりしているのよ」

「それなら簡単ね。うちもやろうかしら」

「封筒も、ほら、ＡＴＭの横にたくさんあるからもらっていくといいわよ」

なるほど。一度にたくさん下ろしてしまうと、いっぺんに使ってしまう可能性がある。義男もその方法を使わせてもらうことにした。

通帳には六万四千七百五十三円あった。光熱費の引き落としがあるのでこの日は五万円を下ろすことにした。封筒を五枚もらって一万円ずつ入れよう。一週間、いや、頑張れば、十日で一万円の生活ができるかもしれない。

義男は用意してきた通帳とキャッシュカードを出して金を下ろした。ＡＴＭの横には「ご自由にお持ちください」と書かれた棚に封筒が入っている。いつもは何十枚も入っているのだが、閉店間際でもう残り少なくなっていた。数えると四枚しかない。後ろからまだかとでもいうように舌打ちする音が聞こえてくる。ふと、下を見るとＡＴＭの下に封筒が一枚落ちていた。義男は拾って急いで鞄にしまった。

店内はまだ来店客で溢れている。間の悪いことにハンバーガーを食べたレストラン沢田の陽子も犬を連れてやって来た。さすがに犬は店内には入れないので入口にあるポールに繋がれている。見つからないように急いで信用金庫を出た。

信用金庫を出てすぐのところで義男は立ち止った。

先ほど慌てて財布をしまったので、ちゃんと下ろした現金が入っているか確認しようと思ったのだ。

大丈夫。財布にはちゃんと一万円札が五枚入っている。

封筒も五枚もらってきているはずだよな。

確認すると、確かに封筒は五枚あるのだが、そのうちの一枚が少し厚みがある。

おかしいと思って封筒の中身を見てみると、なんと一万円札が三枚入っているではないか。

だれかが現金を下ろした後、封筒に入れてそれを落としたんだ。それを俺が拾った。

返しに行かなくてはいけないと思いながら、もらってしまおうかという思いも頭をよぎる。

迷っていると、その瞬間、女性のキャーっという叫び声が聞こえて、信用金庫から黒ずくめの男が走って出てきた。入口で犬を見て、ビックリして尻もちをついた。その足に犬が噛みつく。

「痛いな。コノヤロー」

男は慌てて起き上がると駐車場の車に乗り込んだ。

「だれか捕まえて」

「強盗よ」

「警察だ、警察を呼べ」

男が乗った車を見て義男は腰を抜かしそうになった。車のボディには玉井製作と書かれている。

え？　玉井社長？

車が急発進した。信用金庫の若い男性が出てきて車を追おうとしたが足がもつれて転んだ。

「宏さん、大丈夫？　ここは私にまかせて」

窓口の女性がオレンジ色のボールを車に向かって投げた。

グシャッと音がしてその玉が車にあたって大きなオレンジの染みを作った。

「恵美ちゃん。命中だ」

「私、学生のころソフトボール部でゲッツーの恵美子って呼ばれてたの」

サイレンの音が聞こえてパトカーが何台もやってきた。肴町商店街の人もたくさん集まってきた。

「あの窓口のお姉さん、すごいわね」

「あれはね、カラーボールっていって、当たって潰れると中から特殊な塗料が出てくるんだって。後できれいに洗っても、警察の捜査だと何かの反応でわかっちゃうみたいよ」

「物騒だからうちも置こうかしら」

商店街の人たちが話している。

義男は誰かに腕を掴まれてびっくりして振り返った。

「誰ですか？　離してください」

「大丈夫。私は警察じゃありませんよ」

「私は何もしていない」

「ええ。知ってます」

「それなら手を離してください」

「でも何か思い当たるふしがあるんじゃない？　麻美ちゃんのお父さん」

義男はびっくりして育子を見た。

「今、麻美ちゃんは休憩中で美容院に行っているから、しばらくは戻ってこないわよ。とりあえずうちの店でコーヒーでもどうだい？」

「わかりました」

どうしていいのか分からず、義男は育子についていった。

「はい。まずは温かいコーヒーどうぞ」

育子が義男の向かいに座った。

「何から話せばいいのかね」

「あの、ここでうちの娘は働いているんですか？」

「そう。ここは『おばんざい屋　くるくる』っていう店でね、朝の定食からお昼のランチ、その後休憩を取って夜もやっている居酒屋みたいな食堂みたいな店だよ」

「たしか、麻美はキャバクラで働いていると」

「そんなこともあったみたいだね。でも、もう二年もこの店で頑張って働いてくれているよ」

「あなたは？」

「私は育子。このお店を一人でやっていて、今は麻美ちゃんのお陰で助かっているわ」

「私は坂田義男といいます。それで、麻美はどこに住んでいるんでしょうか」

「それがね、住み込みなんだよ。今の若い人にしては珍しいよね」

「何も知らなくてすいません。二年もお世話になって」

「そんなことはいいんだよ。それより思いつめた顔をして、信用金庫の近くに立っていたでしょ」

「えっ、見ていたんですか？」

「たまたま通りかかったら、麻美ちゃんのお父さんらしき人がいるから声を掛けようかと思ったら、なんだか怪しい感じに見えてね」

「そうですか」

「そしたら中から強盗が出てきたでしょ」

「はい」

「その仲間かと思ったら、あなたもビックリしているからどうやら違うんだって思ったの」

「仲間ではないんですが」

「知り合いなの？」

「車に会社の名前が入っていたので、分かりました」

「だれ？」

「私が働いていた会社の社長です」

「どういうことだい？」

義男はストッキング工場が経営難で潰れそうなこと、自分がクビになったことを離した。

「でも、私もいけないんです」

そう言って義男は鞄から三万円が入った封筒を取り出した。

「あなたが下ろしたお金ではないんだね」

「はい」

「誰のお金？」

「わかりません。封筒が落ちていたので、現金が入っているとは知らず、拾って鞄に入れてしまいました。きっとどなたかが落としたんだと思います」

育子が少し安堵したように笑った。

「私、これから昼の賄いを食べるんだけど一緒にどう？」

「でも、私はこんな情けない男ですよ。麻美が帰ってきたら何というか」

「まだ大丈夫。美容院でカラーとパーマをしてくるっていっていたから、夕方まで帰らないわよ。それにあなたはそんなに悪いことができるような人には見えないわ。そのお金を返そうか、でも、もらえたら助かるなぐらいに思っていたんでしょ」

「はい。その通りです。でも、そんなに良くしていただくわけには」

グーっと義男の腹が鳴った。

「お腹は正直よね。私もお腹ペコペコなのよ。簡単なあまりものだけど」

「なんでもいただきます」

「それじゃあ、すぐにできるものがいいわね。親子丼なんてどう?」

「はい」

「ちょっと待っててね」

十分もしないうちに育子が湯気のたつ丼を二つ運んできた。

「はい。親子丼できたよ」

「美味しそうだ」

「お味噌汁もどうぞ」

「ナスと素麺の味噌汁なんて。いつ以来だろう。私の好物なんです」

育子が優しく笑った。

「麻美ちゃんも好きみたいだよ」

「親子丼いただきます」

鶏肉にトロトロの卵が纏わりついて美味しそうだ。

義男は無言で食べた。美味くて泣けてきた。

誰かが自分のために作ってくれたご飯ってなんて美味しいんだろう。温かい出来立てなんて幸せ過ぎて、今の自分にはもったいないくらいの味だ。鶏肉は柔らかく煮えて、少し甘めの出汁で卵と煮てある。

義男は一気に食べた。

「相当お腹が空いていたみたいだね」

「はい。お腹が空いていたことも先ほどは忘れていたみたいです」

「お口に合ったかしら」

「美味かったです。さっきまでの自分が情けない」

「やっぱり人間はちゃんとご飯を食べなくちゃ。冷静な判断もできなくなっちゃうよね」

ガラリと戸が開いて誰かが入ってきた。

「育ちゃん。静浜信金に強盗が入ったの知ってるかい？」

「うんうん。敏さん、知ってるよ。」

「犯人捕まったみたいだぜ。ストッキングを作っている玉井製作の社長だってさ」

「おやおや」

「沢田さんのところの犬が噛みついて逃げるのが遅れたのと、窓口の女の子の投げたカラーボールですぐに犯人が見つかったみたいだ」

「お金は?」

「何も取られなかったらしいよ」

「そうかい」

「商売がうまくいっていなかったみたいだね。信用金庫に借金を断られて自暴自棄になっていたみたいだよ。今、奥さんが信用金庫の裏口の前で土下座して謝っているのを見てさ。気の毒になっちゃったよ」

「すいません、ご馳走さまでした。ちょっと行ってきます」

義男は礼を言って店を飛び出した。信用金庫に着くとまだ美佐枝が土下座をしている。先ほど転んだ信用金庫の男性がまあまあと慰めているようだ。

「奥さん」

「あ、坂田さん。うちの人が大変なことを」

「社長、思いつめていたんですね」

「この後、私もそこにいるお巡りさんと警察に行くんだよ。事情聴取でね」

「そうですか」

義男の後を追いかけて育子もやってきた。

「奥さん、気をしっかりね。誰かに怪我をさせたわけじゃないし、未遂に終わっているからそんなに大事には至らないと思うよ」

警官が美佐枝をパトカーに乗せた。

「宏さん。大変だったわね」

「あ、育子さん。そうなんですよ。こちらの方は？」

「大変申し訳ない」

義男は頭を下げた。

「あの、突然、どうされたんですか？」

「義男さん。私から話してもいいかい？」

「はい。お願いします」

「この方がお金を下ろしたときにね、封筒が下に落ちていて、その封筒を拾ってきちゃったみたいでね。封筒には三万円入っていたんだって」

「本当にすいません。封筒を五枚欲しくて、四枚しかなかったので、ふとＡＴＭの下を見ましたら、一枚落ちていて。まさか現金が入っているとは思わず持ち帰ってしまいました」

「そういうことだったんですね。申し出ていただきありがとうございます。早速こちらでどなたが落としたか調べてみますね」

「そんなこと分かるの？」

不思議そうに育子が聞いた。

「はい。落としたお客様からお問い合わせがあるかもしれませんし、防犯カメラも付いていますから分かると思います」

「防犯カメラね。前にも何かで聞いたことがあったわね」

「では、その封筒をいただけますか？　それからお名前とご連絡先も教えていただきたいので中にお入りください」

「義男さん。行っておいで」

「はい」

「そうだ、来週あたりまたうちの店に来てくれるかい？」

「え？　いいんですか？」

「そうね。今日みたいにランチが終わった二時過ぎにどう？」

「はい。私はもう仕事もないしいつでも大丈夫です。でも麻美が嫌がります」

「この間は突然でビックリしたんだと思うよ。私のほうで気持ちを確かめておくから」

「ありがとうございます。では早速来週の月曜日にお邪魔してもいいですか？」

「お腹を空かしてきてちょうだいね」

「はい」


その週末、義男はパチンコにも競艇にも行かなかった。その代わりに格安の床屋に行き、髪を整えてもらい、翌週の月曜日、義男は「くるくる」を訪ねた。

「こんにちは」

「いらっしゃい」

麻美が出てくるかと思い緊張して店に入ると、育子が出てきた。

「なんだか随分さっぱりしたじゃないかい」

「はい。昨日床屋に行ってきました」

「あれから大丈夫だったかい？」

「はい。防犯カメラでも、私がわざと拾ったわけではないというのが証明されたようです」

「それは良かった。防犯カメラは罪を犯したことだけでなくて、罪を犯さなかったことの証明もしてくれるものなんだね」

「現金の入った封筒を落とされた方からも翌日連絡があったそうで、それも防犯カメラで確認できたそうです」

「そうかい、そうかい」

「あの、麻美は？」

「今ね、厨房にいるよ」

「え？」

「娘の料理を食べたいでしょ」

「麻美が料理を作れるんですか？」

「そうよ。このお店でも人気のメニューだから美味しいに決まってるよ」

礼子が家を出て行ったあと、家で誰かが料理を作ることはなかった。麻美はまだ中学生だったから義男は毎回小遣いを渡してパンや弁当などを買わせていた。

「出来たみたいだよ」

奥から麻美がお盆を運んできた。

「義男さん。これ、ギョーザ定食だよ」

「あっ、はい」

「麻美ちゃんも突っ立ってないでここに座りなさい」

育子が席を立ち、代わりに麻美が義男の向かいに座った。

「麻美。お前が焼いてくれたのか？」

「そう」

「まあ、なんでもいいから熱いうちに食べてみて。話はその後ね」

そう言って育子が奥の厨房に行った。

皿の上には円形に八つギョーザが並んでいる。その円の中心には茹でモヤシ。

「いただきます」

義男はギョーザを一口食べた。

「うん。美味い。こんなに美味いギョーザを食べたのは初めてだ。美味いよ。麻美」

涙が止まらず溢れてきた。

「お父さん、ティッシュ」

テーブルの上にあったボックスティッシュから麻美が一枚とって義男に渡した。

「ごめんな。お父さんとお母さんのせいで、お前に迷惑かけて」

「もうやめてよ。私も反抗期だったから」

「キャバクラはやめたんだってな」

「うん。育子さんのお店で働かせてもらってる」

「お父さんは、今、実は」

「いいよ、いいよ。育子さんからいろいろ聞いた」

「麻美はこんなに立派になって」

「義男さん。麻美ちゃんはね、すごい努力家なんだよ。この近くにあるギョーザ屋から仕入れたギョーザを、上手に焼けるようになるまで特訓してね。合格点が出るまで何度も焼いたんだ。それだけじゃないよ。朝早くから起きて店の掃除もしてくれるし、私の賄いも作ってくれたりしていい娘さんに育っているよ」

奥から育子が出てきて義男に言った。

「それは育子さんのお陰だと思います。本当に本当にありがとうございます」

「それでね、麻美ちゃんにお父さんの家に帰るかって聞いてみたら、まだここがいいらしくてさ」

「そうですよね。むさくるしい父親のところなんかに帰りたくないですよね」

「いや、なんか照れくさいみたいなんだよ。でもお父さんのことは心配なんだよね」

「まあ、一応」

「生存確認っていうのも変な言い方だけど、この時間、来れたらここで一緒に昼の賄いを食べるっていうのはどう？」

「いいんですか？」

「仕事が決まって忙しくなればその時はその時でさ。それまで一緒にどう?」

「ありがとうございます」

義男は頭を下げて店を後にした。


翌日義男は気になって「くるくる」に行く前に玉井製作に行ってみた。

事務所にぽつんと美佐枝が座っていた。

「坂田さん」

「奥さん、大丈夫でしたか?」

「うん。まだあの人も取り調べ中だし、会社の後始末もあるからなんともだけど。もうなるようにしかならないわよね。坂田さんにも本当に申し訳ないことをしたわ。ごめんなさいね」

「罪は重いんですか?」

「それがね、情けないというか、なんというか。オモチャの鉄砲を出して、窓口の女の子に金を出せって言ったんだけど、自分の言ったことにビックリしてすぐに逃げ出したんだって」

「それだけですか?」

「あの人らしいわよね」

「それならすぐに出てこられそうですね。でも、これからどうするんですか？」

「いろいろと片付いたら私の実家に世話になろうって思ってる。使っていない古い家があるのよ。ここを手放してそっちに移ろうと思って」

「そうですか」

「そこは山奥だから何もないけど、畑があるの。そこで何か作って夫婦でほそぼそ生きていければいいかな」

「社長のこと見捨てないんですね」

「そりゃそうよ。あの人が最後まで頑張ろうとしてくれたのも私のためだと思っているし」

「いい奥さんだ」

「引っ越す前にはあのハンバーガーを食べてから田舎に行こうと思ってる」

「あ、レストラン沢田でしたっけ」

「そう。お巡りさんから聞いたんだけど、あの人、逃げるときにあのワンちゃんに噛まれたんだって」

「あっ、はい」

自分もその場にいて見ていたとも言えず、まごまごと返事をした。

「あのワンちゃんが第一の制裁を与えてくれたのね」

「社長は会いたくもないんじゃないですか？」

「そんなことはさせないわ。私が首輪付けて連れていく。それでハンバーガーを食べて、もう一度出会ったところに戻って二人で頑張ろうって思いたい」

「思い出の味っていいですね」

「そうね。食べると気持ちだけでも戻れる気がする」

義男は少し安心した。


翌日から義男は毎日ハローワークに通った。麻美だって頑張って働いている。自分も父親としてちゃんと働く姿を見せたい。何カ所か面接にも行ったのだが、なかなか快い返事はもらえなかった。

毎日「くるくる」に行くと育子と麻美が温かい昼食を出してくれる。無職の男には申し訳ないぐらいの贅沢だ。一日も早く仕事が見つかるようにしなくてはならない。

数週間が過ぎたが、義男の就職先は決まらなかった。日雇いの仕事を探そうかと思っていると、ある晩、育子が大事な話があるから店が終わるころに来てほしいという。

夜九時に「くるくる」を訪れると義男と同じぐらいの年齢の男性がいた。

「こんばんは」

「あ、義男さん。こちらは敏明さんっていってすぐ近くで『餃子のトシ』をやっているの」

「麻美が焼いたギョーザを作っている方ですね」

「そうそう。敏さんのお店で仕入れたギョーザをうちの店で焼いて、ランチや夜に出しているのよ」

「育ちゃんとは小学校からの同級生でね」

敏明が言った。

「そうなんですね」

「麻美ちゃんのお陰でたくさん仕入れてくれるし、それに自動販売機のアイディアまで出してもらっちゃってね」

「自動販売機ですか」

「ジュースみたいにギョーザも自動販売機で売っているんですよ」

「すごいですね。そんなに良く売れるんですか」

「それほどでもないんだけど、一人で商売しているから、たまにお客さんが重なると大変だし、自販機なら二十四時間だから体調が悪いときは早く店を閉められる」

「どこか悪いんですか?」

「大したことないけど、たまに腰が痛むんでね」

「義男さん、お仕事は決まった?」

育子が聞いてきた
「それが今日もダメでした。六十を前にして再就職はなかなか厳しいですね」

「敏さん、あの話してもいいかな?」

「おう。もちろん」

「義男さん。敏さんのギョーザ屋で働かない?」

「えっ?」

「いえね、私の腰が痛いのもあるんだけど、うちは生ギョーザと冷凍ギョーザしか売っていなくて、焼きギョーザがないんだ」

敏明が言った。

「はい」

「私、一人だとそこまで手が回らなくてさ。でも焼いたギョーザがいいっていうお客さんも結構いてね。だれか一人手伝ってくれる人がいれば出来るんだけど」

「義男さん。どうかね」

「どうもこうも、ありがたいお話ですが私でいいんですか？」

「そんなにたくさんは給料出せないけど」

「幸い自宅は持ち家なので、私一人が食べていけるぐらいあれば十分です。ただ、私は料理をしたことがないのでギョーザを焼けるかどうか」

「それは大丈夫」

育子が言った。

「麻美ちゃんに習えばいいんだよ」

「麻美に？」

「麻美ちゃんの焼き方は完璧だ。ギョーザを包んだ俺が言うんだから間違いない」

「それに麻美ちゃんだってこれまで料理をしたことがなかったんだから同じだよ」

「麻美が教えてくれるでしょうか」

「麻美ちゃん」

育子が麻美を呼んだ。

「お父さんに明日からギョーザの焼き方を教えてあげてもらってもいいかい？」

「お父さんが真面目に頑張るなら」

恥ずかしそうに麻美が言った。

「麻美ちゃん、お父さんへの指導は『餃子のトシ』からちゃんと研修費という名目でお金を支払うからね」

敏明が言った。

「そんな、いいです、いいです」

「いやいや、こういうことはちゃんとしないと」

「そうよ。麻美ちゃん。ありがたくもらって、その分しっかり教えてあげなさいね」

「はい。お父さん。覚悟しといてね」

「皆さん、どうぞよろしくお願いいたします」

義男が皆に深く頭を下げた。

犬のコタロー

最近ご主人さんの機嫌がいい。いつものドッグフードに加えて時々赤身のお肉をつけてくれる。奥さんは散歩の時間を長くとってくれるし、それに、あの日以来いろんな人が撫でてくれる。

「沢田さんの奥さん。こんにちは。この子がコタローちゃんでしょ」

散歩中に呼び止められた。

「そうなの」

お昼の営業が終わって夕方までの休憩時間、この日も奥さんと一緒にお散歩をしていると声を掛けられた。

「静浜信金の強盗に噛みついたヒーロー犬って噂になっているわよ」

「あら、そうなの？」

「静浜新聞に写真付きで載っていたわよね」

そうなのだ。あの日、犯人確保に協力したとかで、コタローは静浜警察署から表彰状をもらった。警察に行く前の日には美容院にも連れていってもらい、きれいに洗ってヘアカットをしてもらった。地元の新聞にも大きく取り上げられて、レストラン沢田の店内にも大きく引き伸ばして飾られている。

「見てくれたのね。ありがとう」

「コタローちゃんの写真撮らせてもらってもいい？」

「もちろんよ。さっ、コタロー、いいお顔して」

奥さんは自分も写真に撮られているかのように気取った顔をした。

「今何歳なの？」

「三歳ぐらいかな。この子は知り合いの家で生まれた柴でね。その家はジャガイモ農家をしている主人の友達なんだけど、来たばかりのころ、お母さんが恋しくなってうちを脱走して母犬に会いに行ったこともあったのよ。その時はまだ一歳にもなっていなかったからどんなに心配したことか」

「そんなこともあったのね。今じゃあこの街で一番の有名人、いいえ、有名犬ね。レストランも大繁盛じゃない」

「いえいえ、それほどでもないわよ」

まんざらでもない顔で奥さんが僕を見ている。

「さあ、コタロー家に戻ろうね」

夕方は夜のお店の準備があるらしい。本当はもう少し先に行ったところにいるポメラニアンのモモちゃんに会いたいが、グッと我慢だ。

レストラン沢田に戻るとコタローは持ち帰り用のカウンターの近くに繋がれた。ここがコタローの定位置だ。ハンバーガーを注文した客が待っている間に遊んでくれる。夕暮れ時のこの時間は学校帰りの子どもたちが来てくれる。この日も子どもたちとたくさん遊んでコタローは眠りについた。


「沢田さんの奥さん。こんにちは」

お昼の営業が始まる少し前に、スーツ姿のお兄さんがやってきた。

「あら、静浜信金の宏さん」

「この間はありがとうございました。コタロー君のお陰で犯人が逃げるのが遅れてすぐにつかまりました」

「そんな、とんでもない」

「奥さんやコタロー君に怪我もなく良かったですよ」

「そうね。気弱な強盗だったから大したことなくて良かったわ。窓口の恵美子さんも表彰されたわね」

「そうなんですよ。あれからお客さんたちが恵美ちゃん目当てに支店にやってきて、写真を撮っていく人までいるんですよ」

「あらあら、それじゃあうちのコタローと同じじゃない」

「草野球チームからもスカウトされてましたよ」

「カラーボールだっけ？　お見事な投球だったものね」

奥さんが言って二人は笑った。

「実は、支店長が今回の強盗事件でいろいろあったけど、一件落着ってことでお昼ご飯をご馳走してくれることになったんです。それならやっぱりレストラン沢田さんのハンバーガーとポテトのセットですよね」

「嬉しいわ」

「沢田さんのセットならテイクアウトできるから僕らもちょうどいいんです」

「そうよね。仕事中はゆっくり外食する暇ないもんね」

「早速今日のお昼なんですが、いいですか？」

「ありがとう。もちろん、いいわよ。いくつかしら？」

「それが二十個なんですよ。少し時間かかりますよね」

「そうね。三十分後にどうかしら？」

「じゃあ、そのころに来ますね」

「ドリンクはどうする？」

「うーん、一人じゃ持てないですよね」

「ホットコーヒーならポットに入れて持っていけるんじゃない？　ポットはまた今度返してくれればいいわよ」

「分かりました。じゃあ、あと一人だれか連れてきますね。コーヒーもお願いします」

「支店長さんにありがとうございますって伝えてね」

「はい。おっ、コタロー。今日も元気だな」

近づくと頭を撫でてくれた。


ハンバーグを焼くいい匂いがしてきた。美味しそうな匂いで頭がクラクラしてくる。

「沢田さん。静浜信金です。どうですか？」

先ほどの男の人がやって来た。

「あっ、宏さん。もうすぐ出来るわ。あと十分待ってもらえるかしら」

「はい。大丈夫です」

「あら。窓口の恵美子さんも来てくれたのね」

警察の表彰式で一緒に来た女の人だ。

「こんにちは」

「あのときは勇ましかったわね」

「あ、はい。よく言われて照れちゃいます」

「あとで、コタローと一緒に写真撮らせて」

奥さんがハンバーガーの準備をしに奥に引っ込んだ。

若い二人はコタローを挟むように並んでしゃがんだ。

「かわいいよね」

「そうだな。恵美ちゃんみたいにこの間の強盗事件でコタローも有名になったんだって」

二人が優しく撫でてくれる。気持ちよくて尻尾を振ってお礼を言った。

「私はそんな有名になんてなってないわよ」

「そんなことないよ。恵美ちゃんも有名人。」

「ちょっと、宏さんまで」

「窓口に来るお客さんたちからもいろいろ言われるでしょ」

「そういえば、この間、窓口に来たお客さんがね、うちの息子の嫁に来てくれだって」

「そんなのダメだよ」

「冗談で言っているんだと思うよ」

「冗談でもダメだ」

「宏さん」

コタローを撫でる宏の手が止まった。

恵美子の手も止まった。

コタローが見上げると二人は見つめ合っている。背中に置かれた二人の手が熱い。

なんだか、僕もモモちゃんに会いたくなってきた。今日の午後のお散歩はモモちゃんの家の近くまで奥さんが連れていってくれるといいな。

二人の手で温められてコタローは眠たくなってきた。

北島　直子（きたじま なおこ）

1971年静岡県浜松市生まれ。

静岡大学教育学部附属浜松小・中学校、浜松海の星高等学校（現・浜松聖星高等学校）、白百合女子大学文学部英文学科卒業後、浜松信用金庫（現・浜松いわた信用金庫）に7年間勤務。その後、地元を中心にアナウンサー、パーソナリティとしてテレビ、ラジオ、イベントなどで活躍。2005年から浜松エフエム放送（FMHaro!）でレギュラーパーソナリティを務めている。趣味は朝のジョギングと夜のお酒。

著書に2021年3月「微笑み酒場 花里」（幻冬舎）、2021年12月「ギリ飯　～人生ギリギリご飯～」（風詠社）

ギリ飯《めし》2　～人生ギリギリご飯～

2022年6月30日　第1刷発行

著　者　北島直子
発行人　大杉　剛
発行所　株式会社 風詠社
〒553-0001　大阪市福島区海老江5-2-2
大拓ビル5-7階
℡ 06（6136）8657　https://fueisha.com/
発売元　株式会社 星雲社
（共同出版社・流通責任出版社）
〒112-0005　東京都文京区水道1-3-30
℡ 03（3868）3275
印刷・製本　シナノ印刷株式会社

ISBN978-4-434-30538-2 C0093